W0398603

mokita

das sprechen & das schreiben

DAS BUCH

Kurz
Es geht um Pornos, Leben & Tod.

Lang
Will liebt das Schreiben und hasst Kinder. Will steht auf der Straße. Will braucht Geld. Seine Schwester ist bereit, ihn aufzunehmen, wenn er im Gegenzug auf ihre Kinder aufpasst. Sein bester Freund besorgt ihm einen Job als Pornogeschichtenschreiber. Zwischen dem Hüten der Kinder und dem Erfahrungen sammeln für seine Geschichten kommt da natürlich auch noch die Liebe ins Spiel und nichts passt zusammen.

„Das Leben ist ein Erdbeben und ich stehe neben dem Türrahmen“ ist oberflächlich gesehen ein Buch über Sex. Unter der Oberfläche geht es aber um Kinder, Katzen, Zeitungen am Frühstückstisch, Liebe, Versuchungen und ein bisschen um Sex.

Online
Dieses Buch ist als kostenlose 🅭 PDF online verfügbar:
www.mokita.de

DER AUTOR

Kurz
Straßenpoet, Sprecher & Botschafter des Lächelns

Lang
Fabian Neidhardt – geboren 1986, lebt in Stuttgart – ist Straßenpoet, Sprecher & Botschafter des Lächelns. Er hat ein Volontariat zum Redakteur und Moderator beim Radio absolviert und studiert derzeit Sprechkunst und Kommunikationspädagogik an der staatlichen Hochschule für Musik und darstellende Kunst in Stuttgart.

Er veröffentlicht regelmäßig Texte in Magazinen, Anthologien und im Internet, er spricht auf der Bühne, Werbespots und Hörbücher und moderiert Veranstaltungen aller Art. Dies ist sein erster Roman. Weitere sind in Vorbereitung.

Online
Mehr Infos, Texte und Projekte gibt es auf:
www.mokita.de

FABIAN NEIDHARDT

DAS LEBEN IST EIN ERDBEBEN UND ICH STEHE NEBEN DEM TÜRRAHMEN

Roman

FABIAN NEIDHARDT
DAS LEBEN IST EIN ERDBEBEN
UND ICH STEHE NEBEN DEM TÜRRAHMEN

Version 1.12.2
1. Auflage September 2012

Lizenz / Copyright: (cc)(i)($)(=) (Erläuterung im Anhang)
Fabian Neidhardt, Wilhelm-Sihn-Str. 16, 75223 Niefern
Lektorat: Christian Wöhrl und viele Andere
Umschlaggestaltung und Satz: Nikolai Reichelt
Schrift: 10,5 pt „Vollkorn" von Friedrich Althausen
Druck: Create Space
ISBN-13: 978-1479316786
ISBN-10: 1479316784

Dieses Buch ist allen gewidmet, die irgendwie Inspirationsquelle sind. Danke.
Oder wenn es besser passt: Entschuldigung. *

*

Die Personen und Handlungen in diesem Roman sind frei erfunden, doch habe ich das unschätzbare Glück, zu erleben und Erlebtem lauschen zu dürfen. So sammelten sich über Jahre hinweg größere und kleinere Geschichten, Beobachtungen, Redewendungen und Ereignisse an, die mir selbst oder den Menschen in meiner Umgebung widerfahren sind. Teilweise sind diese in diesen Roman eingeflossen.

VORSPIEL

„Ich will Sex. Wilden, hemmungslosen Sex. Ein Höhepunkt pro Minute. Mindestens! Schweißtriefenden Sex. Sex auf Motorhauben. Sex unter dem Küchentisch. Sex zwischen Sträuchern."

Ich starrte auf die Rückseite eines pompösen, ledernen Bürostuhls. In den Pausen zwischen den Sätzen stiegen Rauchwölkchen hinter dem Sessel auf. Dann drehte sich der Sessel und ein kleiner Mann erschien zwischen den Armlehnen, in denen er fast versank. Der erste Eindruck erinnerte an Danny DeVito, der zweite Eindruck ernüchterte und zeigte mir einen kleinen, dicklichen Mann mit einer billigen Zigarre in der Hand.

„Verstehen Sie mich?"

Ich nickte, so viel gab es bisher nicht zu verstehen.

„Wir produzieren keine Weltliteratur. Unsere Bücher haben keine Chance auf den Nobelpreis und werden auch nicht in den Bestsellerlisten oder in teuren Bücherregalen stehen. Unsere Bücher liest man nachts, im Stillen. Unter der Bettdecke, im kleinen Kämmerchen oder auf dem Klo. Über unsere Bücher redet keiner, aber alle kennen sie. Unsere Bücher erfüllen die intimsten Träume des Bauarbeiters, aber auch die des Topmanagers oder des Superstars. Je weniger über sie geredet wird, desto besser sind unsere Bücher."

Er nahm einen Zug von der Zigarre und ich erinnere mich daran, dass ich mich fragte, wie oft er diesen Monolog schon vor Menschen wie mir gehalten hatte. Dann zeigte er mit der Glutseite seiner Zigarre auf mich. Während er weiterredete, kam der Rauch aus

hier haben wir extra Platz zum Schreiben gelassen...

seinem Mund wie aus dem Maul eines zu klein geratenen Drachen.
„Und Sie sollen diese Bücher schreiben."
Wieder nickte ich.
„Samuel sagte, Sie könnten schreiben und Sie hätten Ideen. Das ist gut. Mehr brauchen Sie nicht. Eigentlich brauchen Sie nicht einmal so viel. Sie müssen nicht schreiben können. Unseren Lesern geht es nicht darum, wie, sondern was Sie schreiben. Ihre Einfälle müssen sie erregen können. Es geht um Ihre Ideen. Und die sollen ausgefallen sein und sich um Sex drehen. Können Sie das bewerkstelligen?"
Ein drittes Nicken, diesmal etwas zögerlicher. Der kleine Mann drückte den Rest seiner Zigarre aus. Er zog ein Blatt aus einer Schublade des Schreibtisches und reichte es mir.
„Hier sind die Formalien, die Sie beim Schreiben beachten müssen. Schaffen Sie bis Dienstag einen 32er?"
Ich sah ihn fragend an.
„Können Sie bis Dienstag nächster Woche 32 DIN-A5-Seiten schreiben?"
„Ich weiß es nicht, ich kann es probieren."
Der kleine Drache lachte mit rauer Stimme.
„Ja, probieren Sie, am Anfang haben alle Probleme."
Er schlug mit den flachen Händen suchend auf das Durcheinander von Papieren auf seinem Schreibtisch, dann zog er eine kleine Holzschatulle hervor. Ich überlegte mir, wie ich am besten ablehnen könnte, ohne unhöflich zu erscheinen, aber er bot mir gar keine Zigarre an. Er nahm sich selbst eine heraus, warf die Metallhülse in den Mülleimer und schnitt die Zigarre mit einem Cutter an. Die ersten Rauchwolken zogen an seinem

Gesicht vorbei und plötzlich sah mich der Dicke erstaunt an, als ob es ihn wunderte, dass ich noch da war.
„Sie können gehen."
Ich stand auf und verließ das Büro.

Platz für Notizen:

Das ist das Erste, was mir an Erinnerung hochkommt, wenn ich an die Ereignisse vor vier Jahren denke.
Ich sollte etwas weiter vorne anfangen. Ungefähr zwei Tage vorher. Und ich sollte mich vorstellen.
Ich heiße William Wayfarer. Sohn eines amerikanischen Soldaten. 32 Jahre alt. Ex-Düsseldorfer, Neo-Stuttgarter. Ich bin selbstständig. Freier Autor. Doch als freischaffender Schriftsteller kommt man kaum über die Runden, wenn man nicht den Bestseller landet, auf den alle hoffen. Ein, zwei Kolumnen hier, ein paar Lesungen dort, unregelmäßiges Erscheinen in Anthologien, das alles bringt etwas Geld, aber zum Leben ist es mehr als knapp. Doch das war nie das Problem, ich befand mich seit vielen Jahren in festen und gut verdienenden Händen. Wir waren stillschweigend überein gekommen: Ich steuerte den kleineren Anteil bei. Eben bis vor 2 Tagen.
Plötzlich war ich wieder Single. Aber bevor ich die Vorzüge des Single-Daseins auskosten konnte, musste ich sehen, dass die Rahmenbedingungen gegeben waren. Ich brauchte einen Platz zum Schlafen und ich brauchte Geld.
Zwei Koffer in den Händen und nass bis auf die Haut stand ich vor dem Haus, in das ich aufgenommen zu werden hoffte. Ein schmuckes, kleines Einfamilienhäuschen am Stadtrand der schwäbischen Metropole, im Sommerrain.
Wenn die Sonne schien, stachen die roten Fensterklappen aus dem Himmelblau des Hauses hervor. Man hörte dann die Hühner, die meine Schwester und ihre Familie hinter dem Haus hielten, und man hörte die Kinder spielen und lachen.

Doch an diesem Tag schien die Sonne nicht. Es goss wie aus Eimern, die Hühner waren in ihren Käfigen und die Kinder waren im Haus. Die Spielsachen lagen einsam herum. Wasser sammelte sich in den Sitzflächen der Dreiräder.
Bei Sara Zuflucht zu finden war ein Akt der Verzweiflung gewesen. Seit ich mit Linda hierher gezogen war, hatten sich meine Freunde überall auf der Welt niedergelassen, nur nicht in Stuttgart. Bis auf meine Schwester. Und Sam. Ich hoffte, ihn später noch zu sehen, vielleicht kam ich ja bei ihm unter. Jetzt musste ich erst mal raus aus dem Regen.
Die Tür wurde geöffnet und ich stand vor dem jüngsten Spross der Familie. Emma sah mich mit ihren kleinen blauen Augen überrascht an. Sie musste gerade mit Wasserfarben gemalt und dabei vollen Körpereinsatz gezeigt haben, denn sie war über und über beschmiert mit bunten Klecksen. Dann sprang sie mich, ungeachtet meiner Nässe und ihrer Farbe, mit einem freudigen Quietschen an und hing an meinen Hüften. Ich verzog das Gesicht. Die Freude war überhaupt nicht meinerseits. Sie ließ sich wieder herabgleiten, packte meine Handgelenke und zog mich ins Haus.
„Mama! Onkel Willi ist da!"
Das kleine Mädchen, dessen blonde Haare so kurz geschnitten waren wie die eines Jungen, ließ mir kaum Zeit, meine Koffer abzustellen.
„Komm! Mama will dich bestimmt sehen."
Das konnte ich mir kaum vorstellen. Meine Schwester wollte mich nicht oft sehen. Und wenn sie mich sehen wollte, dann niemals aus freudigem Grund. Emma zog mich geradewegs in das kleine Arbeitszimmer ihrer

Mutter. Sara saß an ihrem Rechner und drehte sich erst um, als Emma an ihrem Ärmel zupfte. Sie schien Wasserfarbe und ähnliches gewohnt zu sein, denn sie bemerkte den kleinen gelben Daumenabdruck, der jetzt an ihrem Ärmel prangte, gar nicht. Ich war im Türrahmen stehen geblieben. Einerseits, weil meine Schwester es auf den Tod nicht ausstehen konnte, wenn jemand ihr Arbeitszimmer betrat, und andererseits, weil ich gleich ein Erdbeben erwartete und bei denen kriecht man entweder unter Tische oder bleibt im Türrahmen stehen.
Das Arbeitszimmer war das Heiligtum meiner Schwester. Arbeitszimmer nannte sie es auch nur, weil es der Raum war, in dem sie arbeitete. Ansonsten hatte das Zimmer keine Ähnlichkeit mit herkömmlichen Büros. Wände und Decke waren voll mit Fotos von ihren Kindern, mit Bildern, die ihre Kinder gemalt hatten, Zeitungsausschnitten, die etwas mit der Familie oder Bekannten zu tun hatten, Sprüchen, die ihr gefielen, und vielem mehr.

An einem Abend, an dem wir uns etwas besser verstanden als sonst und sie etwas redseliger war, erzählte sie mir, dass alles, was in diesem Zimmer hing, jedes kleinste Schnipselchen, eine Erinnerung an eine Erinnerung aus ihrem Leben war. Wenn sie die Eintrittskarte des „Madame Tussauds" sah, dann erinnerte sie sich an die Schulfahrt vor vielen, vielen Jahren. Ihre erste Erfahrung mit einem Jungen, einem Engländer, und die ganzen Fotos, die sie aus dem Bus geschossen hatte und auf denen man später nur die Reflektion des Blitzlichtes auf der Scheibe erkennen konnte.
Von dieser Reise hatte sie mir eine Postkarte geschickt, ausdrücklich an ihren kleinen Bruder adressiert. Ich kann mich

genau erinnern, es war eine überdimensionale Postkarte in der Form der bekannten roten Doppeldeckerbusse. Diese Karte hing drei Jahre lang in meinem Zimmer, dann musste sie einem Poster von Arnold Schwarzenegger weichen.
So hatte alles in dem Zimmer eine Bedeutung für meine Schwester.
Am nächsten Morgen verlor sie kein Wort mehr über die nächtliche Unterhaltung.

Sara schaute über ihre Schulter, sah mich, stöhnte entnervt, schob den Stuhl zurück, stand auf und stellte sich vor mich.
„Was willst du?"
Ihre Begrüßungen waren schon seit Jahren eisig, aber diesmal hörte sie sich noch ein paar Grade frostiger an. Als ob sie ahnen könnte, was nun kommen würde.
„Emma meinte, du willst mich bestimmt sehen."
Emma war schon längst an mir vorbeigeschlüpft, um wieder malen zu gehen.
„Nein."
Gut, einerseits war ich erleichtert, dass sie überhaupt mit mir sprach, andererseits ist es nie ein schönes Gefühl, wenn die eigene Schwester ihren Bruder nicht sehen will. Ich musste es so schnell wie möglich über die Bühne bringen.
„Wie geht's dir?"
„Ich kann mich nicht beklagen."
Schweigen. Sara fragte nie, wie es einem geht. Das hielt sie für überflüssige Höflichkeit.
„Ja, mir geht es eigentlich auch ganz gut, danke der Nachfrage."
„Sag schon, wieso bist du hier?"

Im Grunde hatte sie Recht: Ich kam nur zu meiner Schwester, wenn ich Probleme hatte. Ich wollte protestieren, doch ich sah in ihren Augen, dass wir das schon viel zu oft durchgespielt hatten. Und jedes Mal hatte sie das Spiel gewonnen. Zumindest, soweit ich mich erinnerte.

„Linda hat mich verlassen."

„Weise Entscheidung."

„Ihr Sekretär ist bei uns eingezogen."

Sie schnaubte verächtlich durch die Nase und schüttelte den Kopf.

Ich wartete. Vielleicht kam sie ja selbst auf die Idee, weshalb ich hier war.

„Und warum bist du hier?"

Schade.

Ich holte tief Luft und sah meine Schwester fest an.

„Ich brauche einen Platz zum Schlafen, nur für kurze Zeit, bis ich einen Job und eine Wohnung finde, höchstens ein oder zwei Wochen; versprochen!"

Schweigen. Schweigen war bei Sara nie gut.

„Will, ich kenne deine ‚ein oder zwei Wochen'. Daraus werden schnell ein oder zwei Monate."

Sie hatte Recht.

„Du bist unfähig, Treppen leise hoch oder runter zu gehen. Du kommst zu den unmöglichsten Zeiten nach Hause. Du verteilst deine Bestseller blätterweise im ganzen Haus. Du schließt immer die Fenster und sperrst dadurch die Katzen aus."

„Bestseller" spuckte sie fast schon zynisch aus. Die Aussicht auf Unterkunft konnte ich hier vergessen. Und verteidigen konnte ich mich auch nicht, sie hatte immer noch Recht.

Sie atmete tief ein, machte den Mund auf, verharrte und schloss ihn wieder. Dann ließ sie die Luft aus der Nase entgleiten.
„Im Erdgeschoss ist ein Zimmer frei, da kannst du rein."
Ich strahlte meine Schwester an. Im Grunde ihres Herzens war sie doch ein Engel.
„Hör zu! Du bist leise, wenn du nach Hause kommst! Du benutzt mein Auto nicht! Kein Alkohol im Haus! Keine Frauen, und erst recht keine Männer! Und du bleibst nur so lange wie nötig!"
Gut, sie war ein strenger Engel, aber dennoch ein Engel. Ich bedankte mich und wollte mein neues Reich beziehen.
„Und bevor ich's vergesse: Deine Wäsche wirst du alleine und nicht hier im Haus waschen!"

Es war zwar erst früher Abend, aber schon komplett verraucht in der Bar. Das deli öffnete von Donnerstag bis Sonntag den Raucherbereich. Ich war mit den Nerven fertig, die Sache mit Linda und meiner Schwester hatte mich aufgeregt, und nun musste ich anderen Menschen beim Rauchen zusehen. In solchen Momenten verdränge ich, dass ich eigentlich nicht rauche. Was für ein Klischee. Ein ziemlich hochgewachsener Kerl mit bleichem Gesicht, dunklen Augenringen und langen, zotteligen, schwarzen Haaren saß am Tresen und zündete sich an dem glühenden Rest seines Stummels eine frische Zigarette an. Ich setzte mich neben ihn.
„Hey, entschuldige, hast du 'ne Kippe für mich?"
Langsam drehte sich der Typ zu mir um und schaute

mich an. Es vergingen einige Momente und ich fragte mich schon, ob er mich überhaupt verstanden hatte. Ich wollte weiter, da zog er aus den Tiefen seines Mantels eine zerknautschte Packung, die er mir anbot. Black Death Filter. Noch so ein Klischee. Dabei sah er mich die ganze Zeit an. Ich bedankte mich und bemerkte dann, dass die Packung leer war.
„Du, die Packung ist leer."
Der junge Mann starrte mich immer noch mit seinen müden Augen an.
„Ist schon in Ordnung, danke."
Ich wollte aufstehen, aber der Typ hob die Hand und bedeutete mir, sitzen zu bleiben. Dann legte er die leere Packung auf den Tisch und zog eine neue Schachtel hervor. Er riss die Plastikfolie auf und streckte mir dann die neue offene Packung und seine rechte Hand hin.
„Ich werde Alex genannt. Bediene dich und nimm dir, soviel dir beliebt."
Mit überkreuzten Händen schüttelte ich seine Rechte und zog mir eine Zigarette aus der Schachtel.
„Ich heiße Will, danke für die Kippe."
Alex drehte sich wieder zur Bar und hatte mich anscheinend schon vergessen.
Bei einer Dame, deren Zähne und Finger so gelb waren wie Katzenurin im Schnee, holte ich mir Feuer und setzte mich dann an den letzten freien Tisch in der Mitte des Raumes. Die Plätze im Freien waren komplett belegt gewesen.
Mein erstes Bier war schon fast leer, als Sam in der Tür erschien und zielstrebig auf mich zukam. Er hängte seine Jacke gerade über den Stuhl, da stand die junge Bedienung neben ihm und fragte, was er trinken wolle.

Nachdem er sich sein erstes und ich mir mein zweites Bier bestellt hatte, verschwand sie hinter den Tresen. Sam sah ihr nach.
„Ziemlich junges Ding.“
„Mhm, dachte ich auch schon.“
Er sah mich an.
„Hey Goofy.“
Unsere Hände schüttelten sich.
„Donald. Wie geht's dir?“
Sam lehnte sich in seinem Stuhl zurück und hob die Arme über den Kopf.
„Och du, ich kannnich klagen. Der Onlinestore läuft gut, kam grad ne neue Serie auffen Markt und ich hab in meiner Wohnung kistenweise Sammelkarten von Charakteren, die man hier noch nichmal kennt. Jetzt mussich ein, zwei Monate warten, bis die Kids die Läden leer gekauft ham, dann kannich Packs online stellen. Die gehen dann schneller weg wie warme Semmeln“
„Als.“
Sam war schon ein paar Jahre länger in Stuttgart und hatte sich schnell an dialektale Eigenheiten gewöhnt, ich verbessere ihn dennoch jedes Mal. Und jedes Mal bekomme ich die gleiche Reaktion.
„Als Maul.“

Sam hatte eine Marktlücke entdeckt. Er kaufte Sammelkarten in Massen direkt in Japan und verkaufte sie hier über seinen Laden im Internet weiter. Wir dachten alle, dass das mal wieder eine dieser unmöglichen Ideen werden würde, die er am laufenden Band hatte und die nie funktionierten. Wir befürchteten, dass er nach dem Hype von Pokemon auf den Karten sitzen bleiben

würde. Doch nach Pokemon kam Digimon und Yu-gi-oh und mittlerweile hatte Sam seinem kleinen Laden im Internet etabliert. Er wurde langsam ein bisschen größenwahnsinnig und sah sich nach Räumen für einen echten Laden um.
„Schön, das freut mich. Und was macht die Liebe?"
„Alles wie immer, die Acht-Wochen-Regel is eben richtig ausgefeilt."

Vor vielen Jahren saßen wir im Heu der Scheune von Daniels Vater. Wir rauchten unsere ersten Zigaretten, tranken unseren ersten Korn und tauschten die Weisheiten aus, die wir in unserem langen Leben schon gesammelt hatten. Wir waren alle zwischen 15 und 17 Jahre alt. Marie war die Jüngste. Dann kamen Sam und ich. Danach Katrin. Maries Bruder Daniel war der Älteste. Wir hatten unseren eigenen Disney-Club gegründet. Daniel war Mickey, Katrin war Minni, ich war Goofy, Sam war Donald, und Marie war Daisy. Die Scheune unser Clubhaus. Wir diskutierten über alle Themen, die wichtig für die Welt waren. Welches Mädchen aus der Schule am hübschesten war. Was für Erfahrungen wir schon mit solchen Wesen gemacht hatten, wer wohl als erstes seine Jungfräulichkeit verlieren würde und was ‚blasen' eigentlich genau war. Natürlich auch unsere ausgefeilte Acht-Wochen-Regel. Daniels und Maries Eltern waren geschieden. Meine ebenso. Sam hatte anscheinend nicht einmal einen Vater. Nur Katrins Eltern waren noch zusammen, aber die waren sowieso seltsam. Wir fünf kamen zu einem Ergebnis: Beziehungen, besonders lange Beziehungen, können nicht funktionieren. Also waren wir nach vielen Diskussionen zum Schluss gekommen: Mit einem Partner kann man nicht länger als acht Wochen zusammen sein. In der Zeit hat man alles erlebt, was man mit einem Partner erleben kann und die Probleme haben noch nicht angefangen. Mittlerweile sind fast zwei Jahrzehnte vergangen, Mickey und Minni haben geheiratet, von Daisy hört man seit langem nichts mehr, ich war bis vor Kurzem fünf Jahre mit derselben Frau zusammen gewesen. Nur Donald hielt noch an der Acht-Wochen-Regel fest.

„Du bist verrückt."
„Wieso denn? Ich bin glücklich! Wie geht's dir denn?"
„Linda hat mich rausgeworfen. Mit mir Schluss gemacht."
„Ach Scheiße. Das tut mir leid."
Er sah betrübt in sein Glas, dann strahlte er mich freudig an.
„Dann isses ja gerade die richtige Zeit für die Acht-Wochen-Regel!"
Ich schüttelte den Kopf.
„Ich habe grade andere Sorgen als eine Freundin. Ich brauche eine Wohnung und muss Geld verdienen."
Sam sah mich fragend an.
„Wo schläfssu heute Nacht?"
„Bei Sara."
„Was? Bei Sara? Bei deiner Schwester Sara? Wie hassu das geschafft? Ich dachte, sie hat dich aufm Kieker?"
Ich zuckte mit den Schultern.
„Blut ist dicker als Wasser. Aber könnte ich bei dir eine Weile bleiben?"
Sam verzog das Gesicht und kratzte sich im Nacken.
„Ich hab doch eben erst wieder ne Ladung Karten bekommen, meine Wohnung is voll. Aber sag mal, sollich dir nen Job besorgen?"
Erschrocken sah ich auf. Durch seine ganzen Versuche, Geschäfte zu machen, hatte Sam ziemlich viele Kontakte

gesammelt. Doch die meisten dieser Kontakte waren mir nicht geheuer und auch nicht gerade gesund. Ein Wunder, dass Sam noch nicht bei den Fischen gelandet war.

„Nein Sam, vergiss es. Ich will nichts mit deinen Geschäften zu tun haben."

Gekränkt sah er mich an.

„Hey Goofy, wieso denn nich? Schau mal, das mit den Karten läuft doch auch super."

„Ja, auch ein blindes Huhn findet mal ein Korn. Wie viele Ideen hast du denn schon gehabt, die gerade so nicht zur Katastrophe geworden sind? Erinnerst du dich an unser Clubhaus? Du hast irgendetwas darin zusammengemischt und dann damit die Scheune in Brand gesetzt. Keiner weiß, was du gemixt hast, aber an der Stelle wächst bis heute nichts."

Sam versuchte, etwas einzuwenden, aber ich zog meinen rechten Ärmel hoch und zeigte ihm eine sieben Zentimeter lange Narbe am Unterarm, die er nur zu gut kannte.

„Soll ich deinem Gedächtnis auf die Sprünge helfen und dir erzählen, woher die kommt?"

Er schüttelte den Kopf und wollte wieder reden, doch ich ließ mich nicht unterbrechen.

„Oder erinnerst du dich an das Auto von Daniel, in das du irgendeine neue Bremsmethode eingebaut hast und dann gegen die Wand gefahren bist?"

„Da war nur n Kabel lose! Sonst hätt's funktio..."

„Das ist mir egal. Deine Ideen sind meistens gefährlich oder verboten. Es ist purer Zufall, dass das mit den Karten so gut klappt. Aber ich glaube nicht, dass du das Glück hast, für mich auch einen guten Job zu finden."

Sam zuckte mit den Schultern.
„In Ordnung, dann eben nich."

Ein paar Stunden und einige Bier später schlenderten wir aus der Bar Richtung Stadtrand. Nachtbusse sind in Stuttgart sehr selten, also gingen wir zu Fuß. Sam wohnte zwar in Cannstatt, begleitete mich aber bis zu Saras Haus.

In den Unebenheiten der Straße hatte sich das Wasser gesammelt. Immer, wenn ich versuchte, einen großen Schritt über eine Pfütze zu machen, tappte ich direkt in die nächste noch Größere. Als wir vor Saras Haus standen und ich Sam dazu ermahnte, leise zu sein, lachte er nur noch lauter.

„Sam, Schnauze! Du kennst meine Schwester, die bringt mich um."

„Goofy, ich glaub, ich geh noch mal in die Bar. Die Kleine hat mir gefallen."

„Hast du nicht gerade eine Freundin?"

Schwankend versuchte ich, gerade vor ihm zu stehen, doch das war gar nicht so leicht. Mir kam es vor, als würde ich immer neben den Boden treten, statt darauf.

„Das sin jetzt schon sieben Wochen, das reicht."

Einerseits fing ich an zu lachen, anderseits empfand ich Mitleid mit diesem Mädchen, von dem ich nicht einmal den Namen kannte.

„Hey Donald!"

Sam war schon im Lichtkegel der nächsten Laterne, als er sich noch mal umdrehte.

„Wie heißt sie?"

„Keine Ahnung, das willich ja jetz rausfinden."
Ich brauchte einen Augenblick bis ich verstand, dass wir von zwei verschiedenen Menschen redeten.
„Nein, nicht die in der Bar, sondern deine Noch-Freundin."
„Aso, die. Sofie."
Er drehte sich um, ging zwei Schritte weiter, drehte sich dann wieder um und riss die Hand in den Himmel.
„Nein, daswar die davor. Die jetzige heißt Lea. Gute Nacht, Goofy!"
Er hielt sich an dem Laternenpfosten fest, winkte mir zu und ging dann weiter.
Mit vollkommen durchnässten und dreckigen Schuhen stand ich vor der Haustür meiner Schwester und versuchte, im Dunkeln und im angetrunkenen Zustand das Loch für den Schlüssel zu finden. Vier oder fünf Mal ist das Licht des Bewegungsmelders ausgegangen, bis ich bemerkte, dass ich den falschen Schlüssel in der Hand hielt. Ich schlurfte in mein Zimmer und meine Schuhe hinterließen dreckige Abdrücke auf dem Teppich.

Am nächsten Morgen stand meine Schwester im Zimmer und schrie. Sie schrie, als ich noch in Träumen lag, und sie schrie noch, als ich ihr dann endlich zuhörte. So als ob der Inhalt durch die Lautstärke besser von mir aufgenommen werden würde.
Ich sehe sie heute noch genau vor mir, ihre kurzen Haare, die ihr kreuz und quer vom Kopf standen, weil sie gerade aus dem Bett kam. Von diesem Bild gibt es in meiner Erinnerung verschiedene Variationen, Sara war oft sauer auf mich.

Und immer wenn ich mich an dieses Bild erinnere, denke ich auch an das Bild von mir als kleiner Junge, der auf dem Klodeckel im Bad sitzt und seiner großen Schwester zuguckt, wie sie ihre schönen Haare abschneidet. Damals war sie 17, ihr erster Freund hatte sie nach einem Jahr mit einer gemeinsamen Freundin betrogen. Sie war am Boden zerstört. Enttäuscht von der Männerwelt. Sie hatte damals lange schöne Haare, um die sie oft beneidet wurde. Doch nach diesem Ereignis sollte sich alles ändern. Sie hatte gelesen, dass in nordischen Völkern die Trauer der Frauen durch das Abbrennen der Haare zum Ausdruck gebracht wird. Und so griff sie kurz entschlossen zur Schere und schnitt sich alle ihre Haare ab. Seitdem schnitt sie ihre Haare immer selbst mit der Schere.

Ihr Gesicht war schon rot vom Schreien.
„Scheiße, hier sieht es aus! Alles total verdreckt!"
Und ich ahnte, was gleich kommen musste.
„Raus hier!"
„Sara, hör mir ..."
„Will, du verlässt sofort mein Haus! Ich brauche keine Erklärungen, keine Entschuldigungen und vor allem kein Betteln."
Sie war eindeutig im Vorteil. Es war ihr Haus. Ich hatte irgendwie auch ein bisschen übertrieben. Und sie stand im Türrahmen.

Schon seit meiner Geburt war meine Schwester fünf Jahre älter als ich. Und doch verbrachte ich viel Zeit mit Saras Freundinnen und Freunden. Wenn ich nicht mit dem Disney-Club unterwegs war, war ich bei ihrer Clique. Anfangs war ich wohl eher ein Klotz an Saras Bein. Was ich mir natürlich nicht eingestanden habe. Doch die Mädchen der Gruppe nahmen sich meiner an und so kam es, dass ich schon mit 12 Jahren eine Brust berührte, die nicht die meiner Mutter war. Ein Jahr später habe ich das erste Mal mit einem Mädchen geschlafen. Maja war vier Jahre älter als ich.

Da unsere Mutter arbeiten musste - sie war alleinerziehend, kurz nach meiner Geburt hatte der amerikanische Soldat seinen Heimweg ohne uns angetreten -, war ich oft mit meiner Schwester einkaufen. Wenn ich meiner Schwester gerade nicht auf den Wecker ging, verstanden wir uns zu diesem Zeitpunkt noch ziemlich gut. Sie las eine Sache vom Einkaufszettel vor, ich zählte bis drei und dann rannten wir beide los und versuchten, als erster den Gegenstand auf der Einkaufsliste zu finden. Wir waren mal wieder am Rennen und Suchen, als ich einem Freund meiner Schwester in die Arme lief.
„Hey Willi! Langsam!"
Lachend hielt er mich fest, weil ich schon wieder weiter wollte.
„Wo ist denn deine Schwester?"
Bevor ich antworten konnte, kam sie um die Ecke, mit dem gesuchten Käse. Außer Atem erzählte sie Lukas, worum es bei dem Spiel ging. Er wiederum erzählte, dass er am Wochenende feiern würde und ob Sara nicht vorbeikommen wolle. Dann sah er mich an. Zögerte.
„Du bist natürlich auch eingeladen, Will."
Er sah wieder meine Schwester an.
„Kommt ihr?"
Meine Schwester sagte irgendwas von wegen, sie wisse noch nicht. Aber ich stand hinter ihr und nickte heftig. Lukas grinste, zwinkerte mir zu und verabschiedete sich.
Ich brauchte meine Schwester nicht lange zu überreden, ich glaube, sie war verschossen in Lukas. Und so gingen wir

auf diese Party. Als wir vor der Tür standen, zögerte meine Schwester. Ich lachte und legte ihr brüderlich den Arm um die Schulter, ich war größer als sie.

„Keine Angst, Schwesterherz. Ich bin da und passe auf dich auf."

Sie bedachte mich mit einem bösen Blick und klopfte.

Lukas hatte sturmfrei. Lukas hatte viel Alkohol. Und Lukas war cool. Ich war der Jüngste auf der Party, aber das fiel keinem auf. Entweder war die Aufmerksamkeit dem jeweils anderen Geschlecht gewidmet oder dem Alkohol. Und so stand ich etwas verloren in der Gegend, bis eine Gruppe von Jungen mich zu sich rief. Dort saß ich dann, zwischen sechs Jungs auf einer Couch, alle vier oder fünf Jahre älter als ich, die von Titten, Ärschen, Alk, Mukke, Gras und Autos redeten. Manchmal fragten sie mich was.

„Willi, hast du schon mal ein Döschen geknackt?"

oder

„Will, hast du ein bisschen Gras dabei?"

Ich verstand ihre Fragen meist nicht und so antwortete ich irgendetwas und sie lachten. Ich war erleichtert und dachte, ich gehörte dazu. Heute weiß ich, dass sie über mich lachten, nicht mit mir. Irgendwann verschwanden sie und wieder saß ich alleine da. Kurz darauf gesellte sich eine Gruppe Mädchen zu mir, aber eher wegen des Sofas als wegen mir. Sie redeten über Typen, Tante Rosa, Diäten und noch mehr Typen. Maja, die beste Freundin meiner Schwester, saß neben mir. Meine Schwester selbst sah ich in der Küche mit Lukas reden. Maja redete mit mir, als wäre ich genauso alt wie sie, und das machte mich stolz. Ich hatte sie sehr gern. Ich erzählte ihr von den Jungs, die vorher bei mir gesessen hatten, und über was sie geredet hatten. Ich musste Maja versprechen, nie so zu werden wie sie. Dann fragte ich sie, was es bedeuten würde, ein

Döschen zu knacken. Sie sah mich ernst an.
„So nennt man das, wenn man mit jemandem schläft."
Ich sagte nur „aha" und wurde dann rot. Sie lachte auf und wuschelte mir durch die Haare.
„Keine Angst, das braucht dir nicht peinlich zu sein. Bei mir braucht dir gar nichts peinlich zu sein."
Das konnte ich nicht ganz glauben, doch bevor ich etwas antworten konnte, stand meine Schwester plötzlich hinter Maja. Sie flüsterte ihr etwas ins Ohr und Maja nickte.
„Klar, ich passe auf. Viel Spaß."
Sie legte den Arm um mich und drückte mich an sich, während sie meiner Schwester zuwinkte und diese mit Lukas verschwand.
„Wohin geht Sara?"
„Sie geht mit Lukas spazieren. Und ich soll auf dich aufpassen."
„Auf mich braucht keiner aufpassen. Ich tu niemandem etwas."
„Sie hatte eher Angst, dass eine von denen dir was tut."
Sie nickte zu den Mädchen, die bei uns saßen.
Ich wunderte mich, was diese Mädchen mir antun sollten, aber ich wollte nicht wieder ahnungslos dastehen und schwieg. Doch Maja musste gewusst haben, wie ahnungslos ich war, denn sie lachte wieder und drückte mich näher an sich.
„Du bist süß. Ich mag dich."
Das wusste ich. Ein Jahr zuvor war Maja bei uns zu Besuch und wir haben Filme geschaut. Filme, für die ich eigentlich noch zu jung war. Wir saßen zu dritt auf dem Sofa, nachdem meine Schwester entnervt klein beigegeben hatte und mich mitschauen ließ. Irgendwann früh am Morgen schlief Sara ein. Ihr Kopf fiel auf die Schulter von Maja, die in der Mitte saß. Wir stellten den Fernseher etwas leiser, damit Sara nicht aufwachte. Ich weiß nicht mehr, welchen Film wir gesehen

hatten, jedenfalls war darin irgendeine Bettszene. Ich mit meinen 12 Jahren starrte gebannt auf den Fernseher. Eigentlich auf den weiblichen Körper, den ich da in der Flimmerkiste sah.

„Dir gefällt, was du siehst, hm?"

Ich sah Maja an, schloss den Mund und schüttelte den Kopf.

„Ne, das ist langweilig."

Offensichtlicher lügen kann man nicht. Maja nahm meine Hand und legte sie auf die Stelle ihres T-Shirts, unter der sich ihre Brust befand.

„Ist das auch langweilig?"

Ich schüttelte den Kopf und konzentrierte mich auf meine Hand. Sie hob meine Hand wieder an und ich war schon enttäuscht, dass es vorbei war. Dann legte sie meine Hand auf ihren Bauch und schob sie unter dem Shirt hoch. Maja lag mit geschlossenen Augen da, Saras Kopf auf ihrer Schulter und ich streichelte ihre Brüste. Ihre eigene Hand wanderte unter den Bund ihrer Hose, doch sie kam nicht weit. Sara war aufgewacht und sah Maja böse an. Mit zitternder Stimme schickte sie mich auf mein Zimmer. Ich hörte noch, wie die beiden sich stritten, dann kam Maja uns eine Weile nicht besuchen. Mit mir redete Sara nie über den Vorfall. Erst kurz vor der Party hatten sich Sara und Maja wieder vertragen. Und auf dieser saß ich nun, in Majas Obhut, auf dem Sofa und erinnerte mich an dieses Erlebnis.

„Woran denkst du?"

„An den Fernsehabend letztes Jahr. Als du ..."

„Ich weiß, welchen du meinst."

Ich nahm all meinen Mut zusammen und legte meine Hand auf ihr Knie.

„Bist du mutig?"

Sie sah mich an, lächelte belustigt und nickte. Meine Hand

rückte ein Stück höher.
„Bist du mutig?"
Meine Hand lag nun auf ihrem Oberschenkel.
„Immer noch?"
Jetzt lag meine Hand in ihrem Schritt. Das Spiel hatte ich schon oft mit Mädchen gespielt, aber die meisten waren in meinem Alter gewesen und irgendwann hatte jede den Kopf geschüttelt. Jetzt wusste ich nicht, was ich machen sollte. Maja schien meine missliche Lage aufzufallen.
„Bist du mutig, Will?"
Ich nickte selbstsicher.
„Bist du richtig mutig?"
Jetzt war ich verunsichert. Wollte sie mir an die Hose? Ich nickte, wenn auch zögernd.
„Wenn du sicher bist, dann folge mir."
Sie nahm meine Hand aus ihrem Schritt, stand auf und ging die Treppe hoch. Ich folgte ihr. Als ich oben ankam, sah ich am Ende des Ganges eine Tür, die sich gerade wieder schloss. Ich ging langsam hin und öffnete sie. Das Zimmer, in das ich eintrat, musste das Zimmer von Lukas jüngerer Schwester sein, den Spielsachen nach zu urteilen. Maja war nicht zu sehen. Ich schloss die Tür und ging Richtung Bett, als plötzlich das Licht ausging.
„Maja?"
„Keine Angst, ich bin da. Bleib wo du bist."
Ich blieb stehen und meine Augen gewöhnten sich langsam an die Dunkelheit.
Ich hörte Schritte und Rascheln, dann sah ich Maja als Silhouette auf dem Bett sitzen.
„Komm zu mir."
Ich setzte mich neben sie.
„Spiel das Spiel noch mal."

Sie suchte meine Hand und legte sie auf ihr Knie, das nun nackt war. Diesmal war es tatsächlich mein Mut, der gefordert war.
„Bist du mutig?"
„Ja."
Wieder wanderte meine Hand an ihrem Schenkel hoch. Diesmal aber spürte ich keinen Jeansstoff, sondern warme Haut.
„Bist du mutig?"
Ihr „Ja" war mehr ein Flüstern als ein Sprechen, aber es war ein eindeutiges Ja. Ich schluckte und schob meine Hand ein Stück höher, während Maja ihre Beine etwas spreizte.
„Mutig?"
„Mhm."
Nun lag meine Hand auf ihren Schamhaaren. Ich bin 13 Jahre alt und meine Hand liegt auf dem Schamhügel dieses 17jährigen Mädchens. Und Maja war ein wunderschönes Mädchen. Zwei Jahre zuvor hatte Daniel einen Pin-Up-Kalender bei dem derzeitigen Freund seiner Mutter gefunden und ihn in unser Clubhaus gebracht. Dort wurde er sorgsam versteckt, gemeinsam mit den Kippen und dem Korn. Es gab einen alten Traktor, der in der hinteren Ecke der Scheune stand. Er fuhr seit Jahren nicht mehr und die Hennen nutzten ihn als Brutstätte. Dieser Traktor besaß ein Handschuhfach. Dort lagerten unsere Schätze, die kein Erwachsener finden durfte. Wir hatten also unseren Pin-Up-Kalender, den wir tagsüber gemeinsam betrachteten und über die Frauen diskutierten, während die Erinnerung an den Kalender uns abends als Wichsvorlage diente. Ich erinnere mich, dass auf dem Kalender etwas wie „Die schönsten Playgirls des Jahres" stand. Sam überhäufte jede Frau auf den Bildern mit Komplimenten, die er irgendwo gelesen haben musste, denn normalerweise sprach er ganz anders. Auch ich war begeistert von den

Bildern. In unserem Alter sah man nicht oft nackte Frauen. Im Sommer dann waren wir - meine Schwester, ihre Freunde und ich - am Baggersee, Maja war auch dabei. Und ich sah sie dort im Bikini, also nicht einmal nackt, aber wow! Bei ihrem Anblick verblassten all die Bilder aus dem Kalender. Als ich ihn das nächste Mal sah, sah alles Schöne an den Frauen aus wie eine schlechte Kopie von Majas Körper.

Und nun saß ich im Dunkeln auf diesem Bett und hatte meine Hand an der Stelle, die ich mir schon in unzähligen Nächten in meiner Fantasie ausgemalt hatte. Ich drehte mich zu ihr und fuhr mit meiner Hand nach oben. Sie hatte sich komplett ausgezogen und ließ sich nach hinten auf das Bett fallen. Meine zweite Hand kam dazu und langsam streichelte ich alle Stellen ihres Körpers, an die ich gelangen konnte. Ich streichelte ihre Beine, fuhr über ihren Bauch, spürte ihre Brustwarzen unter meinen Fingern und strich die Haare aus ihrem Gesicht. Meine Fingerspitzen ertasteten ihre geschlossenen Augen, umfuhren ihre Nase und berührten ihre Lippen. Als meine Finger über den Mund glitten, öffnete sie ihn und nahm meinen Zeigefinger in den Mund. Sie lutschte ihn, küsste ihn und sog daran. Dann öffnete sie die Augen, nahm meinen Kopf in beide Hände und küsste mich auf den Mund.

Natürlich hatte ich schon Mädchen geküsst, beim Flaschendrehen und anderen pubertären Spielen. Aber der Kuss, den Maja mir gab, war kein ‚Lass es uns schnell durchziehen, damit das Spiel weitergehen kann'-Kuss. Das war ein leidenschaftlicher Kuss, ein Kuss, den man sich vorstellt, wenn man Romeo Julia küssen sieht. Und ich bekam solch einen Kuss von diesem Mädchen! Maja zog mich auf sich und küsste mich weiter. Ihre Hände fuhren nun über meinen Körper. Ich spürte ihre neugierigen Finger auf meiner Brust. Mit geschickten Bewegungen zog sie mir das T-Shirt aus. Ihre Finger krochen *an Stellen, die keine Frau je berührt hatte. Außer vielleicht meine Mutter. Vorsichtig fuhr sie mir in den Hosenbund, ihre Finger berührten das wenige Schamhaar, das ich zu diesem Zeitpunkt hatte. Dann umschloss sie meinen Penis, der wie eine Eins zwischen uns stand. Ich zuckte zusammen. Weil ihre Finger so kalt waren? Während sie ihn mit einer Hand festhielt, öffnete sie mit der anderen meine Hose und zog mich aus. Maja drehte mich auf den Rücken und rutschte auf mich. Ihre Lippen wanderten über meinen Körper nach unten. Und ich lag ungläubig da. Ich weiß noch, wie ich dachte: Es passiert! Das ist die Wirklichkeit! In diesem Moment küsst ein Mädchen meinen Pimmel!*

Plötzlich hatte sie ein Kondom in der Hand. Mit den Zähnen riss sie die Verpackung auf. Ihre Finger rollten das Gummi über meinen kleinen angeschwollenen Freund. Dann kam sie wieder hoch, küsste mich auf den Mund und setzte sich dann langsam auf meinen Schoß.

„Wenn irgendwas ist, dann sag Bescheid."

Ich nickte nur. Zu mehr war ich nicht fähig. Sie musste kurz korrigieren, dann drang ich langsam in sie ein. Sie verharrte.

„Alles in Ordnung?"

Wieder nickte ich, obwohl ich mir eigentlich nicht sicher war. Dies ist eine Eigenschaft, die ich über Jahre hinweg beibehalten habe.

Sie bewegte sich behutsam auf und ab. Ich wusste nicht, was ich machen sollte. Klar hatte ich ein schönes Gefühl in der Lendengegend, doch ich konnte mir nicht vorstellen, dass die schönste Sache der Welt darin bestand, regungslos unter einer Frau zu liegen.

Jahre später, als ich dann wieder Kontakt mit Maja hatte, habe ich ihr das erzählt, meine Unsicherheit und Unwissenheit in diesem Moment, und wir lachten Tränen! Wirklich.

Doch in der Nacht in dem Kinderzimmer fand ich es gar nicht zum Lachen. Ich wusste nicht, was ich tun sollte. Majas Atem ging immer schwerer. Ihre Bewegungen wurden heftiger und schneller. Und plötzlich, ohne dass ich es wollte, fing mein Becken an zu zucken. Meine Bewegungen passten sich denen Majas an. Dann presste sie ein unterdrücktes Stöhnen zwischen den Zähnen hervor und ließ sich auf meine Brust fallen. Ich weiß noch, wie ihr Haar roch.

Bei jedem Mädchen, das ich danach irgendwann mal in den Armen hatte und die Haare genauso rochen, empfand ich eine Wehmut, dass es nicht Maja war, die in meinen Armen lag. Maja sollte Jahre später wieder in meinen Armen liegen und ihre Haare würden genau gleich riechen und mich an diese Nacht erinnern. Doch das alles wusste ich zu dem Zeitpunkt natürlich noch nicht.

Und so lag ich da, das schöne Mädchen regungslos über mir und ich ihre Haare in meiner Nase. War's das? Also, ich meine, das war ja schon ein schönes Gefühl, aber ... das war alles? Das, was gerade passiert war, war wie „Stairway to heaven" aufzulegen und die Nadel vor dem Solo wieder wegzunehmen. Das konnte nicht alles sein. Maja regte sich wieder, sah mich von oben an.

„Du bist noch nicht fertig?"

Ich wusste nicht genau, was sie meinte, aber ich schüttelte den Kopf. Ohne, dass ich aus ihr raus rutschte, drehte sie uns um, sodass ich nun oben lag.

„Jetzt beweg du dich."

Unsicher rutschte ich etwas heraus aus ihr und dann wieder rein. Maja atmete wieder tief. Das schöne Gefühl in meinen Lenden wurde nun intensiver. Ich bewegte mich nun noch schneller, auch mein Atem war heftig. Es war, als hätte jemand die Nadel wieder auf die Led-Zeppelin-Platte gelegt

und nun kam das Solo. Mein erster Orgasmus schoss aus mir heraus in das Kondom. Jetzt war ich es, der erschöpft da lag. Maja strich mir durch meine Haare und hielt mich fest. Ich wollte mich nicht bewegen, ich wollte das Gefühl nicht verlieren. Ich stieß noch ein letztes Mal zu, bevor mein Penis schlaff wurde, und Maja presste sich mir entgegen. Dann lagen wir da und langsam rutschte ich aus ihr heraus. Ein Gefühl des Bedauerns überkam mich. Doch das währte nicht lange, denn plötzlich stand meine Schwester in der Tür.
Sie machte das Licht an, sah uns und wurde rasend vor Wut. Ihre Augen waren rot und ihr Gesicht zornig. Erst lange, sehr lange Zeit später wurde mir klar, dass sie davor schon geweint hatte. Sie schrie Maja an. Wörter wie Vertrauen und Liebe und Kind fielen. Mit hochrotem Kopf zog ich mich hastig an, dann zog mich meine Schwester durch die trübseligen Trümmer der Party nach Hause.
Maja und meine Schwester sprachen nie wieder miteinander. Besser gesagt, Sara sprach kein Wort mehr mit Maja. Diese versuchte mit ihr zu reden, doch alle Versuche waren erfolglos. Und auch mir verbot Sara den Kontakt mit Maja, während unsere eigene Beziehung immer schlechter wurde. Die ersten Wochen nach der Party schrie mich meine Schwester nur noch an. Dann redete sie monatelang gar nicht mit mir. Und bis heute ist sie nicht gut auf mich zu sprechen.

Und nun waren wir im Haus meiner Schwester, den Flur voller Dreckspuren und Sara unter dem Türrahmen.
„Um elf Uhr bist du draußen."
Die Uhr zeigte 10:04 Uhr. Ich wusste, ich konnte sie nicht umstimmen. Sara schnaubte, drehte sich um und schlug die Tür zu. Ich wechselte gerade meine Boxershorts, als Emma hereinkam. Mit einem Hechtsprung verschwand

ich hinter die offene Schranktür, doch die Kleine schien sich kaum dafür zu interessieren.
„Onkel Willi, gehst du schon wieder?"
Ich hörte das Telefon klingeln.
„Ja, ich muss."
Ich konnte mit Kindern nicht umgehen, hatte auch nie Interesse daran gezeigt, wie sollte ich das also Saras Tochter erklären? Ich zog mir hastig eine Hose an und hörte Sara ans Telefon gehen.
„Warum?"
Ich schlüpfte in ein Mets-Shirt, das mir mal eine Chinesin geschenkt hatte, die ich in New York kennengelernt hatte. Aber das ist eine andere Geschichte. Ich merkte, dass der Anrufer sich mit Sara stritt.
„Na ja, deine Mama hat sich doch nicht so gefreut, mich zu sehen."
Ich hörte, wie Sara wütend den Hörer auf das Telefon knallte.
„Und du hast das ganze Haus dreckig gemacht."
Einen Koffer hatte ich noch nicht einmal aufgemacht, in den anderen stopfte ich die Klamotten, die ich gestern angehabt hatte. Sie stanken nach Rauch. Kurz erinnerte ich mich daran, warum ich eigentlich Nichtraucher war.
„Emma, geh in dein Zimmer."
Ich sah auf. Ich hatte nicht bemerkt, wie Sara ins Zimmer gekommen war.
Sie schloss die Tür hinter der Kleinen und lehnte sich dagegen.
„Will, mein Chef hat gerade angerufen. Irgendjemand ist ausgefallen und nun muss ich für ungefähr zwei Wochen weg, ich soll eine Reportage über die Choreographie von Tanzbären schreiben."

Nein, das hat sie natürlich nicht gesagt. Ich weiß auch nicht mehr genau, was sie gesagt hat und weshalb sie weg musste, jedenfalls musste sie weg. Und es widerstrebte ihr selbst, doch sie brauchte jemanden, der auf ihre Kinder aufpassen würde.

Obwohl Sara jeden Mann hasste, hatte sie sich dreimal von ihnen schwängern lassen. Das erste Mal wurde sie mit 18 schwanger. Es kam nie etwas Genaues raus, aber ich vermute, dass Lukas der Vater von Martin ist. Martin ist wahrscheinlich der einzige Mann, der Sara richtig am Herzen liegt. Mit seiner Männer hassenden Mutter hatte er wirklich eine schwere Kindheit.

Knapp ein Jahr nach der ganzen Geschichte, ich hatte wieder eine feste Freundin, bei der ich eingezogen war, war Martin oft wochenlang bei uns. Er hat es sehr genossen, aus dieser Welt herauszukommen, die aus meiner Schwester, seinen beiden Schwestern und den Freundinnen seiner Mutter bestand. Ich glaube, manchmal habe ich seinen Vater ersetzt. Er erzählte mir von seiner Freundin. Dass er mit ihr schlafen möchte und was er nun tun soll. Stundenlang haben wir geredet, erst am Telefon und dann in den Ferien, als er uns mal wieder besuchen war. Wir saßen am Küchentisch, mein 17-jähriger Neffe mir gegenüber, wir beide einen Kaffee in der Hand, und unterhielten uns über Frauen. Interessant wurde es dann, als Eva, meine Freundin, dazukam. Sie war noch geschäftlich essen gewesen und gerade nach Hause gekommen. Sie setzte sich auf meinen Schoß und fragte, über was wir gerade sprachen. Martin sah mich herausfordernd an. Ich schüttelte meinen Kopf. Eva sah erst mich an, dann blickte sie zu Martin und wieder zu mir herüber.

„Kommt schon, sagt mir, über was ihr redet, ich komme gerade von einem langweiligen Essen. Ich habe den ganzen Abend über Schulen geredet. Gebt mir etwas Spannendes."
„Martin, sollen wir's ihr sagen?"
Martin blickte zweifelnd hoch und Eva nickte stürmisch.
„Aber nur, wenn du uns ein paar Fragen zu dem Thema beantwortest, oder, Martin?"
Jetzt war Eva unsicher und Martin nickte lächelnd. Doch ihre Neugier war stärker.
„Sagt schon, so schlimm kann's gar nicht sein"
Martin erzählte von seiner Freundin Tabea, wie sehr er sie liebte und seiner Unsicherheit. Und dann fragte er Eva, was er machen sollte und wie ihr erstes Mal gewesen sei. Eva wurde ganz still.
„Wollt ihr das wirklich hören? Ist keine romantische Geschichte."
„Komm schon, Eva, ich habe ihm auch schon meine Geschichte erzählt."
Sie seufzte.
„Mein erstes Mal war nicht wirklich schön. Wisst ihr, ich war ein Spätzünder. Ich war 19 und hatte gerade meinen Abschluss gemacht. Und der war grottenschlecht. Ich war am Boden zerstört. Wir waren dann alle auf dieser Party, um unser Abi zu feiern. Und da war auch dieser Kotzbrocken aus unserem Jahrgang. So ein Wichser! Ihr kennt solche Leute bestimmt, die saufen wie die Weltmeister, legen Mädchen flach und behandeln sie danach wie Dreck. Wir waren also auf dieser Party und ich hatte schon viel zu viel getrunken und dann kommt er zu mir rüber und setzt sich zu mir und wir reden. Ich habe mir dann eingeredet, so schlimm ist er ja gar nicht. Und dann irgendwann sind wir spazieren gegangen. Im Wald hinter der Hütte, in der wir gefeiert haben. Wie gesagt, ich war betrunken

und plötzlich küsst der Typ mich. Und erzählt mir, dass ich etwas ganz Besonderes sei. Dazu kam dann, dass ich für mich selbst dachte, das kann doch nicht sein, ich bin 19 und noch Jungfrau! Und so ging es Schlag auf Schlag und dann zieht er mich vom Weg in den Wald und küsst mich und meint, ob ich mir denn sicher sei. Ich war alles andere als das. Ich war einfach besoffen und fertig wegen meines Abschlusses und wollte keine Jungfrau mehr sein. Ich sage ihm, ich bin mir sicher, da macht er schon meine Hose auf und zieht sie mir über die Hüfte. Er küsst mich, legt mich auf den Waldboden und zieht seine eigene Hose aus. Und schon bin ich entjungfert. Ich habe den Typen nie wieder gesehen, nur sein Gerede über mich habe ich mitbekommen. Das halbe Jahr danach habe ich mir vorgemacht, dass es gar nicht so schlimm war, aber dann wurde mir klar, dass es eigentlich richtig scheiße war und nicht hätte sein müssen. Mein zweites Mal wurde nichts."

Nun lachte sie wieder. Erstaunlich, wie schnell sie von einer unangenehmen Erinnerung zu einer lustigen Erinnerung sprang.

„Ich war im Urlaub in Hawaii und da war dieser Junge, der einfach super aussah. Und am Ende meines Urlaubs lagen wir am Strand und ich hatte meine Hand in seiner Hose. Plötzlich höre ich eine Gitarre und eine Gruppe von Jugendlichen kommt auf uns zu. Und der Typ springt auf und rennt zu ihnen und was stellt sich heraus? Seine Freundin war bei der Gruppe. Jetzt kann ich darüber lachen. Doch zu dem Zeitpunkt dachte ich: Sag mal, komme ich nur an Idioten?"

Nun lachten wir alle. Ich küsste meine Freundin und merkte, dass sie noch zitterte. Ihr Erlebnis hatte sie wohl mehr getroffen, als sie vorgab. Martin dagegen war das Zuhören anfangs peinlich gewesen, doch dann war er interessiert. Und ich? Ich musste mich anstrengen, meine Erregung vor Eva

zu verbergen. Klar war das kein angenehmes Erlebnis für sie, aber die Vorstellung, mit einem Mädchen im Wald zu schlafen, hatte schon ihre Reize. Irgendwann erzählte ich Eva davon und sie war auch nicht abgeneigt. Aber das ist eine andere Geschichte. Martins Problem war noch nicht gelöst.
„Und jetzt soll ich dir raten, was du mit Tabea machen sollst?“
Er nickte.
„Du bist noch Jungfrau. Und sie auch?“
Nochmals ein Nicken.
„Lass ihr Zeit. Viel Zeit. Und dir selbst auch. Lass dich von keinem beeindrucken, nur weil er schon mit einem Mädchen geschlafen hat. Ihr seid beide unerfahren. Macht euch das klar. Ihr macht bestimmt Fehler, aber das gehört dazu. Lacht darüber. Ihr müsst nicht perfekt sein. Die peinlichen Erlebnisse, die nur ihr Zwei kennt, sind die, über die ihr später am meisten lachen werdet.“
Sie hatte Recht.

Als ich Penelope kennenlernte, war schon unser erstes Zusammentreffen eine witzige Begegnung. Ich kam gerade von einem Friseur und ging schnell die Straße entlang, als plötzlich die Tür von einem BMW aufging und ein Mädchen ausstieg. Ich prallte mit ihr zusammen und wir beide lagen auf dem Boden. Ich stammelte eine Entschuldigung, half dem Mädchen auf und ging weiter. Dann rief sie mich plötzlich. Ich kam zurück und fragte, was los sei.
„Ich habe gerade mit meinem Freund Schluss gemacht, der Banker hier in seinem Scheiß-BMW. Nachdem du mich so umgerannt hast, könntest du mich doch zum Essen einladen.“
Ich war perplex und wusste nicht, was ich sagen sollte, als plötzlich ein Polizist hinter mir stand und fragte, ob es Probleme gäbe. Ich konnte nur stottern und meinte, nein, ich wollte

dieses Mädchen nur zum Essen einladen, weil ich sie umgerannt hatte. Während ich redete, ging auch noch die Scheibe von dem BMW runter und ich erntete böse Blicke vom Banker, denn er traute sich nicht, etwas zu sagen. Dann fuhr er davon und der Polizist wünschte uns einen guten Appetit. Penny lächelte, hakte sich bei mir unter und zog mich weiter. Und nach dieser Nacht sah und hörte und roch ich Penny in allem, was mir begegnete. Wir lagen gemeinsam im Bett. Ich stülpte mir das Kondom über und kurz nach dem Eindringen platzte es. Schnell das zweite geholt, und es platzte wieder. Aber aller guten Dinge sind ja drei und so zog ich mir das dritte Kondom über, doch auch das wollte nicht halten. Ich wusste nicht, ob ich weinen oder lachen sollte. Doch Penny lachte nur, hielt mich im Arm und meinte:
„Och Will, ich liebe dich trotzdem."
Eine Nacht später lagen wir wieder nackt beieinander und Penelope sah mich mit ihren wunderschönen Augen an.
„Der vierte Versuch klappt."
Und sie hatte Recht.

Sieben Jahre nach Martins Geburt wurde Sara wieder schwanger. Der Vater ist ein Kerl namens Peer. Pilot. Verteilt seine Samen auf der ganzen Welt. Und übernimmt keine Verantwortung. Martins Schwester heißt Violet. Als sie acht war, bekam sie einen Brief von einem Halbbruder. Ihr Vater war gestorben und der Bruder hatte im Nachlass die Adresse und eine Kopie der Geburtsurkunde von Violet gefunden. Er schickte ihr einen ganzen Haufen Geld und ein Bild von ihm und ihrem gemeinsamen Vater. Dieses Bild hängt nun über ihrem Bett und sie pflegt regen Schreibkontakt zu ihrem Bruder, obwohl Sara dagegen ist. Ja, und nun fehlt

nur noch Emma. Emma ist drei Jahre jünger als Violet und ist das Kind von Sam.
Keine Ahnung, wie das passiert ist. Sara erzählt nichts und Sam selbst weiß nichts davon. Sara meinte, lieber keinen Vater als Sam. Emma weiß auch nichts. Niemand weiß es, außer Sara und mir. Ich weiß es auch nur, weil ich aus Versehen einmal ihre Aufschriebe gelesen habe. Und wenn es nach Sara ginge, sollte das auch so bleiben. Martin, Violet und Emma, zu dem Zeitpunkt 16, neun und sechs Jahre alt, sollten nun unter meine Obhut gestellt werden. Dann doch lieber in meine als in fremde Hände. Ich sah meine Schwester erschrocken an. In meinem Kopf spielten sich schreckliche Szenarien ab, wie ich mit Kindern spielte. Oder sie mit mir. Schon der Gedanke daran ließ mich schaudern.
„Sara, das kann nicht dein Ernst sein! Das kannst du mir nicht antun!"
„Wenn, dann kann ich das meinen Kindern nicht antun. William, sie beißen nicht. Es sind nur Kinder!"
„Nur!? Sara, ich kann Kinder nicht ausstehen!"
Eigentlich hatte ich keine Wahl. Entweder ich kümmerte mich um das Haus und um die Gören und hatte ein Dach überm Kopf, oder eben nicht. So kam es, dass mein Auszug verschoben wurde, bis Sara wieder zu Hause war.
Sara hatte dennoch kein wirkliches Vertrauen in meine Fähigkeiten als Mensch und Babysitter. Verständlich, nicht einmal ich hatte das! Sie notierte meine Rechte, die sehr wenige waren. Meine Pflichten, von denen es viele gab, und meine Verbote, von denen noch mehr existierten, schrieb sie auch auf eine Liste. Diese Liste hing an der Kühlschranktür und reichte fast bis zum

Boden. Dann bläute sie den Kindern ihre Handynummer ein und dass sie auf mich aufzupassen hatten. Besonders die beiden Mädchen freuten sich und versprachen, artig zu sein. In meinen Ohren hörte sich das nach einer Drohung an.
Kurz darauf verabschiedete sie sich intensiv von ihren Kindern, sah mich böse an und sagte:
„Mach nichts Dummes, Will."
Dann schloss sie die Tür.
„Ja, ich wünsche dir auch eine schöne Zeit, Sara! Komm gesund wieder."
Martin legte seine Hand auf meine Schulter. Er war zwar erst 16, aber schon genauso groß wie ich.
„Sie meint es nicht ganz so, wie sie es sagt."
Emma sah hoch.
„Aber fast."
Violet stimmte ihr zu. Na toll. Vielleicht sollte ich doch Sam nach einem Job für mich fragen.
Mein erster Gang war der an die Liste, um zu sehen, was ich durfte und was nicht. Ich durfte die Kinder ins Bett und in die Schule bringen, das Haus sauber halten und schauen, dass etwas zu essen im Haus war. Und noch ein bisschen mehr.
Verboten war Fernsehgucken, Alkohol im Haus, Freunde mitbringen, Frauen im Haus, nachts laut sein, den Plattenspieler benutzen, irgendeine meiner Pflichten vergessen, immer noch die Wäsche im Haus waschen und noch einige mehr. Ich sah auf die Uhr. Es war Zeit für ein kühles Bier und ein Fußballspiel im Fernsehen. Doch beim Blick in den Kühlschrank dämmerte mir, was sich kurz darauf bestätigte. Sara hatte dafür gesorgt, dass ich die Verbote so wenig wie möglich

brechen konnte. So setzte ich mich mit Apfelsaft vor den Fernseher. Die Batterien der Fernbedienung schienen erst leer zu sein, doch ein Blick unter die Abdeckung zeigte mir, dass sie gar nicht vorhanden waren. Auch das Drücken auf den Knopf direkt am Fernseher brachte die Kiste nicht zum Flimmern. Sara hatte vorgesorgt. Das Stromkabel und das Fernsehkabel waren verschwunden.

Ich konnte mir Sams Handy vorstellen, wie es in der Tasche seiner achtlos in die Ecke geworfenen Jeans vibrierte und er durch seine Wohnung rannte und es suchte. Irgendwann klickte es.
„Ja?"
„Donald, ich bin's, Goofy. Wie geht's dir?"
„Willssu die gute oder die schlechte Nachricht zuers hören?"
„Die gute."
„Also, ich bin in nem fremden Bett aufgewacht und ich hab keine Kopfschmerzen."
„Aha, ich schon. Was ist die schlechte Nachricht?"
„Die Frau, die neben mir lag, war nicht die süße Bedienung aus der Bar."
„Sondern?"
„So ne Russin, die hat ganz gelbe Zähne und Finger! Ich hab dann schnell meine Sachen gepackt und bin verschwunden, bevor sie aufgewacht is."
Sprach er von der Frau, die mir Feuer gegeben hatte? Das wäre selbst für Sam ein neues Niveau.
„Wie hast du das geschafft?"

„Keine Ahnung, Goofy. Ich weiß noch, dass ich wieder in die Bar gekommen bin und mich an den Tresen gehockt hab. Und dann hab ich mit dem Barkeeper geredet und gemeint, ob er denn nicht der süßen blonden Bedienung meine Nummer geben will. Der Typ schaut an mir vorbei und meint: ‚Die da?'
Ich nicke und er sagte: ‚Das ist meine Freundin.' Was danach passiert ist, keine Ahnung."
So etwas passierte Sam andauernd. Wir verabredeten uns in einer halben Stunde in einem Pub in Bad Cannstatt. Ich kniete gerade in der Garderobe und band mir die Schnürsenkel, als Violet vor mir stand.
„Onkel Willi?"
„Hm?"
„Wann machst du denn die Flecken wieder aus dem Teppich?"
Ich sah mir den Teppich mit meinen Spuren an. Das würde Stunden dauern.
„Das mache ich morgen, in Ordnung? Wenn ihr in der Schule seid und ich meine Ruhe habe. Wenn ihr wiederkommt, ist alles blitzsauber."
„Und wer bringt mich und Emma ins Ballett?"
Ich sah Violet ungläubig an. Aus meiner knienden Position musste ich zu ihr hinaufschauen und wie sie so auf mich herunterblickte, erinnerte sie mich sehr an ihre Mutter und an deren Drohungen.
„Findet ihr den Weg nicht selbst?"
Wortlos zeigte sie auf die Liste am Kühlschrank. Dort stand geschrieben, ich MÜSSE die beiden Gören auf JEDEN FALL immer zum Ballett begleiten, weil sie auf dem Weg eine große Straße überqueren müssten und sie das allein noch nicht schafften.

Mit meinen beiden Nichten an der Hand wurde ich zum Ballett geführt. Von außen sah das Haus ziemlich unscheinbar aus, doch im Inneren befand sich hinter den Duschen und Umkleidekabinen ein riesiger Saal. Jede Seite war verspiegelt und mit einer Stange versehen.
„In einer Stunde holst du uns wieder ab?"
Mitten im Raum viele blau angezogene Mädchen. Ich dachte an mein Bier, das schon mit Sam auf mich wartete.
„Ja, klar."
Dann kam eine Frau herein, auch einen Gymnastikanzug an. Aber in Schwarz. Ein supersüßes Gesicht.
„Du kannst jetzt gehen, Onkel. Aber sei in einer Stunde wieder da."
Ja, das würde ich. Diese Frau und vor allem dieses Gesicht wollte ich noch mal sehen.
Ich kam anderthalb Stunden später als geplant in den Pub. Doch Sam schien das nicht gestört zu haben. Neben ihm saß ein Mann mit Hornbrille aus den Achtzigern und langen, verfilzten Haaren. Spindeldürr, bleich, große viereckige Augen und ein Buckel. Ein Mensch, der tagelang nicht aus dem Haus gehen muss. Ein Mensch, für den die Welt in Ordnung ist, solange sein Computer läuft.
„Hey Goofy. Setz dich. Das hier is Harald."
Ich setzte mich.
„Harald is Computercrack. Ich hab ihn mal im Netz kennengelernt und seitdem hilfter mir manchmal bei meim Shop. Er kommt später noch mit zu mir."
Harald sah mich an. Beide Hände lagen auf dem Tisch und er trommelte mit den Fingern andauernd lautlos auf die Tischplatte, als ob er eine unsichtbare Tastatur bedienen würde. Vielleicht schickte er mir gerade ein Smiley.

Als mein Bier gebracht wurde, bestellte Sam für uns drei gleich noch mal eine Runde.
„Nein, ich will nicht mehr, ich muss gleich wieder los. Meine Nichten vom Ballett abholen."
Sam grinste schadenfroh, Harald schaute eher so, als wüsste er nicht, was Ballett genau war. Aber das konnte er später bei Wikipedia nachschauen.
„Warum mussu Saras Kinder abholen? Is das die Entschädigung, damit du bei ihr wohnen darfs?"
Sam wusste noch nichts von den Vorfällen am Morgen. Woher auch. Also erzählte ich ihm alles.

—— • ——

Ich kam nicht zu spät. Pünktlich stand ich vor der Ballettschule, zusammen mit anderen Männern und Frauen, die ihre Kinder abholten.

Als ich mit Penny zusammen war, hatte sie an Kinder gedacht. So ein kleiner William mit schwarzen Haaren und den dunklen Augen von ihr, das wäre schon super, dachte sie. Jemand, dem man die ganze Weisheit weitergeben kann. Nur um dann zu resignieren, weil die eigenen Kinder wie man selbst reagiert, als man jung war und keinen Ratschlag annehmen wollte. Und man merkt, dass man den alten Menschen, von denen man behauptete, man würde einmal ganz anders werden, sehr ähnelt. Also redete ich ihr die Kinder aus. Und so kam es, dass in unserer Wohnung nur Katzen in einer Wiege gespielt haben. Penny liebte Katzen. Für sie waren sie ein Ausgleich für Kinder. Bei ihr war immer Tag der offenen Tür für Katzen. Sie hatte ein eigenes Zimmer für sie, mit Katzenbäumen, vielen Stoffmäusen, Katzengras und einer alten Wiege, in der die Jungen immer lagen. In jeder Tür ihrer Wohnung war eine Katzenklappe eingebaut. Selbst im Schlafzimmer. Und so hatten wir beim Sex oft Beobachter.

Die Türen der Schule öffneten sich. Eine Traube kleiner Mädchen strömte heraus und verteilte sich wie kleine flinke Ufos, die jetzt mit Getöse am Mutterschiff andockten. Es fing an zu nieseln. Die Mutterschiffe, die mit mir warteten, wurden weniger und bald stand ich alleine im Regen. Ein Onkelschiff in einem Sturm. Und die Mannschaft stand kurz vor einer Meuterei.

Im Umkleideraum lagen noch die Sachen meiner Nichten und so schritt ich in den großen Saal. Auf der gegenüberliegenden Seite in einer Ecke waren Emma, Violet und die Frau mit dem schönen Gesicht. Emma sah auf und rannte auf mich zu.

„Onkel Willi, Lila hat sich verletzt."

Als Emma mit dem Sprechen angefangen hatte, hatte sie Probleme mit dem Namen ihrer Schwester. Sara konnte sie noch aussprechen, Martin hatte sie schnell auf Tin abgekürzt. Doch Violet konnte sie sich nicht merken. Und nachdem sie sich eine Zeitlang abgemüht hatte, Violet auszusprechen, meinte Martin im Vorbeigehen:

„Sag doch einfach Lila."

Bis heute nennt Emma ihre Schwester so.

Emma packte meine Hand und zog mich zu Violet und ihrer Lehrerin. Mit schmerzverzerrtem Gesicht saß Violet auf dem Boden und bevor ich etwas sagen konnte, beruhigte mich die Lehrerin.

„Es ist nichts Schlimmes, nur eine kleine Zerrung, denke ich. Sie hat sich ein bisschen übernommen. Gehen Sie mit ihr zum Arzt, der verschreibt ihr eine Salbe."
Ich nickte und sah in Violets Gesicht. Sie hatte die Augen ihrer Mutter. Aber schöne, schulterlange dunkle Locken.

Vor zwei Jahren und mit Martins Hilfe hatte sie sich erfolgreich gegen das Abschneiden der Haare gewehrt und Sara musste klein beigeben. Emma dagegen war mit ihrem Kurzhaarschnitt zufrieden.

„Alles in Ordnung?"
Violet schniefte.
„Ich will nach Hause."
„Natürlich, kannst du laufen?"
„Weiß nicht."
Ich betete, dass ich das Mädchen nicht tragen müsste.
Emma sprang dazwischen.
„Ich helfe dir! Komm!"
Sie packte Violets Hände und half ihr auf die Beine. Dann hängte sich die Größere bei der Kleineren ein und so humpelten sie aus dem Saal.
Die Lehrerin und ich standen auf. Gemeinsam gingen wir Richtung Ausgang.
„Kinder sind schon etwas Schönes, nicht?"
„Kann sein, aber es sind nicht meine."
„Ich weiß. Als Violet sich verletzt hatte, fragte ich, wann ihre Mutter sie denn abholen kommt. Emma hat dann von Ihnen erzählt. Auch von ihrer Schmutzaktion."
Sie lachte. Auch ich lächelte unbeholfen. Aber ich wusste nicht, wie ich darauf reagieren sollte.

„Dennoch ist es schön, dass Sie sich um die Kleinen kümmern."
Ich konnte es ja wohl vergessen, dass ich diese Frau etwas besser kennenlernen würde. Nach dem, was Emma alles rausposaunt hatte.
„Wie lang passen Sie auf die Kinder auf?"
Ich zuckte mit den Schultern.
„Wahrscheinlich zwei Wochen, bis meine Schwester eben wieder im Land ist."
Wir standen nun vor ihrer Lehrerumkleidekabine.
„Dann sehen wir uns sicher noch mal."
Sie zwinkerte und schloss die Tür. Damit hatte ich nicht gerechnet. Es schien, als ab ob der Vogel die Nase noch einmal in den Wind bekommen hatte und doch noch nicht abstürzte. Mit einem guten Gefühl stellte ich mich wieder in den Regen, bis meine Nichten sich umgezogen hatten und herauskamen.

Als wir zu Hause ankamen, waren wir alle nass bis auf die Knochen. Emma und Violet verschwanden im Badezimmer und warfen mir zwei Handtücher heraus. Nachdem ich trocken und umgezogen war, sah ich mir noch mal die Liste an. Ich sollte schauen, ob alle Kinder ihre Hausaufgaben machten. Da die Mädels immer noch im Bad tollten, klopfte ich an Martins Zimmertür. Mit Martin kam ich hier im Haus noch am besten klar. Das mochte an seinen 16 Jahren und an seiner Größe liegen, so dass ich ihn mehr als Mensch und weniger als Kind wahrnahm. Ich könnte ja sagen, Martins Zimmer war ein typisches Jungenzimmer, und gut wäre es.

Doch so leicht ist das nicht. Ich weiß nämlich nicht, wie ein normales Jungenzimmer aussieht. Und ich glaube, es ist nicht so eingerichtet wie Martins. Saras Einfluss machte sich in allen Bereichen bemerkbar. Es ist nicht so, dass Martin mit Puppen gespielt hat. Trotzdem war sein Zimmer anders. Es hingen keine Poster von Männern in seinem Zimmer, denn Sara hasste Männer. Es hingen aber auch keine Poster von Frauen in seinem Zimmer, denn Sara sagte, das sei entwürdigend. Martins Zimmer war mit Schwammtechnik in Gelb gestrichen. Die ganzen Steckdosen und Schalter hatte er in Eigenregie ausgebaut und blau angesprüht. Das Zimmer war spartanisch eingerichtet. Ein Bett in einer Ecke. In der anderen eine Schrankschreibtischkombination und ein Stuhl dazu. Seine Gitarre hing an einer Halterung an der Wand. In dem gleichen Blau, in dem die Steckdosen angesprüht waren, hatte er auf alle Wände Songtexte geschrieben. In angenehmer Größe, so dass er auf seinem Stuhl in der Mitte des Zimmers sitzen und alles lesen konnte. So saß er oft da, schloss die Augen, drehte sich, öffnete sie wieder und spielte den Song, den er als erstes sah.

Ich erkannte das Intro von ‚Hotel California', als ich klopfte und er mich hereinbat. Still setzte ich mich auf sein Bett und wartete, bis er aufhören würde zu spielen. Doch Martin dachte gar nicht daran aufzuhören, sondern setzte zur Strophe an. Und so sang ich mit ihm. Die erste Strophe konnte ich noch aus dem Kopf, den Refrain sowieso. Bei der zweiten musste ich dann zur Wand schauen. Martin sah mich an; Er spielte und sang aus dem Kopf. Als ich in Martins Alter war, konnte ich dieses und viele andere Lieder auch auswendig.

Sänger und Musiker waren bei Mädchen immer beliebt. Nach einem Solo und Outro, bei dem ich Martin mit einem einfachen Percussion-Rhythmus begleitete, lachte er mich an. Ich gab ihm einen Solo-Applaus.
„Super!"
„Danke für die Unterstützung. Wusstest du, dass das Solo im Original auf zwölfsaitigen Gitarren gespielt wird?"
Ich schüttelte den Kopf. Das war mir neu.
„Ist so. Aber kaum einer hat so eine Gitarre, deswegen klingt es dann oft nicht so wie im Original."
Er legte die Gitarre neben mich aufs Bett und sah mich an.
„Warum bist du eigentlich gekommen?"
„Ich soll schauen, dass ihr eure Hausaufgaben macht."
„Nein, ich meinte eigentlich, warum bist du überhaupt hier? Warum wohnst du bei uns?"
„Ach so, Linda hat mit mir Schluss gemacht. Ihr Sekretär ist bei uns eingezogen und ich musste ausziehen."
„Hm. Und wie geht's dir?"
„Eigentlich ganz gut."
„Wie lange warst du mit ihr zusammen?"
„Fünf Jahre."
Martin pfiff anerkennend durch die Zähne.
„Das ist scheißlang."
Er hatte Recht. Fünf Jahre waren wirklich scheißlang.
„Mir geht's ja schon schlecht, wenn ich in ein Mädchen verliebt bin und sie mir dann einen Korb gibt, bevor wir zusammen sind. Wie schlimm muss das nach fünf Jahren sein?"
Ich musste mir selbst eingestehen, dass mich die Trennung von Linda kaum berührte.

„Weißt du, Martin, am Anfang bist du verliebt. Und das ist ein richtig krasses und schönes Gefühl."
Martin nickte.
„Aber bei Linda und mir ist dieses krasse Gefühl irgendwann verloren gegangen. Und dann setzte so etwas wie Alltagstrott ein. Und man sagt ja, Liebe zeichnet sich nicht durch ihre Intensität, sondern durch ihre Dauer aus. Die ersten drei Jahre waren echt schön. Doch irgendwann ist wirklich alles zum Alltag geworden."
Selbst der Sex in Umkleidekabinen, dachte ich.
„Und zusammen waren wir dann plötzlich nur aus Notwendigkeit. Weißt du, ich passte ein bisschen auf das Haus auf und nebenher schrieb ich. Und sie brachte den Hauptteil des Geldes. Morgens und abends aßen wir gemeinsam, nachts schliefen wir manchmal miteinander, aber da wir uns jeden Tag sahen, wurde es zum Alltäglichen. Und dann, als das mit ihrem Sekretär herauskam und ich die Wohnung verlassen musste, waren meine größte Sorgen Geld und eine Unterkunft. Weil ihr Geld, das ich ausgab, auch alltäglich und normal geworden war, verstehst du?"
Er nickte und ich wusste trotzdem nicht, ob er es verstanden hatte. Im Nachhinein war es auch egal, denn im Grunde hatte ich mir den Vortrag eher selbst gehalten.
„Und deswegen bin ich hier."
„Tut mir Leid."
„Schon gut. Vielleicht ist es besser so. Jetzt sag mal, hast du deine Hausaufgaben gemacht?"
Martin verdrehte die Augen.
Ich sagte ihm Bescheid, dass ich am Abend noch aus dem Haus gehen würde, dann kümmerte ich mich um die beiden Kleinen. Ich kontrollierte die Hausaufgaben

der beiden, so schnell es ging. Genauso wenig, wie ich mich für Kinder interessierte, wollte ich mich mit deren Hausaufgaben herumschlagen. Ich hatte mich nicht mal mit meinen eigenen gerne auseinandergesetzt. Danach ließ ich sie die Schlafanzüge anziehen, Zähne putzen und ins Bett schlüpfen. Emma und Violet teilten sich ein Zimmer. Im Bett sah ich mir Violets Bein noch mal an. Ihr rechter Oberschenkel war etwas blau und etwas dicker, soweit ich das als Laie feststellen konnte.
„Morgen nach der Schule gehen wir zum Arzt, in Ordnung? Gut, dann schlaft mal schön und ich schaue noch bei Onkel Sam vorbei."
„Liest du uns noch eine Geschichte vor?"
Die zwei Seelen in meiner Brust kämpften kurz miteinander und eine gewann. Und zwar diejenige, die mich an Emmas Bett sitzen und mich ein Grimm-Märchen vorlesen ließ. Vielleicht würden die Gören bei ihrer Mum ein gutes Wort für mich einlegen. Dann könnte ich bei Problemen noch öfter vorbeischauen.

In meinen eigenen jungen Jahren wurde mir aus einem sehr ähnlichen Buch vorgelesen. Die Geschichte, die mir am meisten verhasst war, hieß ‚Der Froschkönig'. Sie hatte mir nie gefallen, bis ich mit 12 Jahren eine Geschichte las, die ‚Der eiserne Heinrich' hieß. Und ich merkte, dass dies die „ungeschnittene" Version des ‚Froschkönigs' war. Doch genau dieser eiserne Heinrich imponierte mir und seitdem dachte ich oft an ihn.
Ich schloss das Buch und erinnerte mich daran, wie meine Mutter mich nach der Geschichte auf die Stirn geküsst hatte. Ich beließ es bei der Erinnerung.
„Gute Nacht, ihr zwei."
„Weckst du uns morgen früh?"

Was?
„Wann soll ich euch denn wecken?"
„Um sechs Uhr."
Um sechs? Ich sollte um sechs aufstehen? Dann war ich ja vielleicht drei Stunden im Bett!
„Könnt ihr nicht alleine aufstehen?"
„Aufstehen schon, aber du musst uns Frühstück machen. Das steht auf der Liste, die Mama dir gemacht hat."
Ich resignierte.
„Ja, ich wecke euch um sechs. Jetzt aber Licht aus und schlafen."
Ich sah noch kurz bei Martin vorbei.
„Du gehst auch bald ins Bett, in Ordnung?"
Er blickte nicht einmal auf.
„Ich bin noch bei Sam, aber ich komme bald wieder. Ich wecke dich morgen um sechs."
Er drehte sich mit seinem Stuhl um.
„Bist du dann um sechs schon wach, oder noch?"
Ich lächelte und schloss die Tür. Dann öffnete ich sie wieder.
„Tin, kann ich dein Fahrrad haben?"

Völlig verschwitzt kam ich bei Sam an. Er wohnte im Hallschlag. Bedeutet, ich konnte mit dem Rad vom Sommerrain runter nach Cannstatt rasen, musste dann aber den Berg wieder hoch in die Ansammlung von etwas heruntergekommenen Wohnungen. Auf Drängen von Sam trug ich das Rad dann noch in seine Wohnung.
„Glaub mir, sonst isses später weg."

Sams Wohnung war ein Sammelsurium seiner missglückten Geschäftsideen. Überall standen Kisten mit Sachen, die er nicht mehr los wurde. Die Regale quollen über von Gegenständen, deren Zweck keiner kannte. Sam wusste, dass die meisten Sachen ihm nichts mehr nützen würden. Doch er brachte es nicht übers Herz, sie wegzuwerfen. Im Wohnzimmer stapelten sich Kartons voller Karten, die Sam abzählte und wieder verpackte. Er hatte Recht, hier würde ich keinen Platz zum Schlafen finden. Wir setzten uns mit Bier raus auf den Balkon und beobachteten Menschen durch die beleuchteten Fenster. Nachdem er mir erzählt hatte, was für komische Käuze hinter welchem Fenster hausten, genossen wir die Abendluft.

„Goofy, ich hab nen Job für dich."

Ich seufzte. Manchmal konnte ich mit einer Wand reden und sie würde schneller verstehen als Sam.

„Sam, ich suche mir selbst einen Job, deine Jobs will ich nicht."

„Und? Hassu schon was gefunden?"

Kopfschütteln.

„Hassu überhaupt schon geguckt?"

Erneutes Kopfschütteln.

„Glaubste, du kommst in nächster Zeit dazu?"

Resigniertes Kopfschütteln.

„Siehssu? Und ich schau, ob ich was für dich auftreiben kann und du willses nichmal hören!"

Ich schwieg. Eigentlich wollte ich es immer noch nicht hören, aber sollte er doch erzählen, ich würde nicht drauf eingehen.

„Soll ich's dir jetz erzählen oder nich?"

Sollte er doch, ich würde den Kopf schütteln.

„Also, es is ein Job bei nem Verlag. Du sollst so kleine Groschenromane schreiben."
Sobald er ausgesprochen hatte, würde ich den Kopf schütteln.
„Nix hoch Intellektuelles. Eher profane Geschichten. Ich hab mit dem Verleger gesprochen. Hab ihm gesagt, dassu schreiben kannst und dassu Ideen hast."
Gleich würde er fertig sein, dann würde ich eine Spannungspause einbauen und dann den Kopf schütteln.
„Du könntest zu Hause arbeiten, alle zwei Wochen gibssu einfach eine Geschichte ab. Ich hab die Nummer von dem Verleger."
Schreiben und dafür Geld bekommen wäre eigentlich schon schön.
„Was würde ich denn verdienen?"
„Kommt drauf an, wie viel du schreibst. Würdest aber auch nen Vorschuss bekommen."
Sam hatte vielleicht neben all seinen Fehlschlägen wirklich eine vernünftige Arbeit für mich gefunden.
„Ich muss gestehen, das hört sich ganz interessant an. Wie heißt denn der Verlag?"
Sam zögerte.
„Basement Dreams."
„Der Name sagt mir nichts, was haben die für Bücher?"
Wieder ein Zögern.
„Das war das, was ich dir noch sagen sollte."
Jetzt kam also der Haken: Ich sollte Pornos schreiben. Ich regte mich auf, schwieg beleidigt und regte mich noch einmal auf. Das Problem war, Sam kannte mich lange genug. Wir hatten uns schon zusammen Bilder von nackten Frauen angesehen, als wir gerade 12 waren. Er wusste, wie ich tickte. Also sagte ich Sam, er

solle einen Termin machen, auch wenn ich nicht ganz überzeugt sei. Irgendwo war ich aber dennoch gespannt, wie so was abläuft. Es war nun früh am Morgen und ich musste in drei Stunden aufstehen, um die Kinder zu wecken und das Essen zu machen.
„Donald, ich muss."
Sam trank den Rest von seinem Bier und stellte seine und meine Flasche in den Kasten. „Zäpfle". Manch ein Schwabe war schon mächtig sauer geworden, als er Sams Biergeschmack herausfand und in einigen Bars wird Sam immer wieder schräg angeguckt.
Ich war schon auf der Treppe, als ich mich umdrehte.
„Sam!"
Die Tür ging noch einmal auf und Sams Kopf guckte raus.
„Sag mal, hast du eine Waschmaschine?"

Etwas Schrilles riss mich aus dem Schlaf. Der klingelnde Wecker stand nicht neben meinem Bett, sondern war zwischen meinen Koffern versteckt. Bis ich den Wecker gefunden hatte, war ich wach. Saras Kinder waren kreativ. Ich schleppte mich in die Küche, alle drei saßen schon am Tisch und löffelten ihre Cornflakes.
„Wer von euch hat den Wecker bei mir versteckt?"
Martin grinste.
„Du wärst doch sonst nie aufgestanden."
Dazu schwieg ich. Erstens war ich zu müde, um mich jetzt aufzuregen, und zweitens hatte er Recht. Er kam nach seiner Mutter, was das anging.
„Und warum musste ich jetzt aufstehen?"

„Du musst uns Essen machen!"
Es endete darin, dass mir zwei kleine Mädchen zeigten, wie man Brote für die Schule schmiert. Danach brachte ich sie zur Tür.
„Und was machst du jetzt, Onkel Willi?"
„Ich denke, ich werde noch mal ins Bett gehen."
„Vergiss nicht, die Flecken aus dem Teppich zu waschen."
„Ja ja, das mache ich, bevor ihr wieder zu Hause seid."
„Mama sagt, ‚ja ja' sagt man nicht!"
Ich nickte müde und schloss die Tür hinter den beiden und stand alleine im Flur, den ich noch schrubben musste. Eines war klar, wenn ich noch einmal schlafen gehen würde, würden mich wahrscheinlich erst die Kinder wieder aufwecken. Also suchte ich Schrubber und Putzzeug. Knapp eine Stunde verbrachte ich kniend auf dem Boden. Danach war der Teppich zwar nass, aber er sah wieder sauber aus. Ich liess das Putzzeug stehen und fiel ins Bett.
Als ich Stunden später auf dem Flur trat, schlug mir ein leckerer Geruch entgegen. Martin stand am Herd und achtete darauf, dass die Suppe nicht überquoll.
„Morgen, Martin."
„Mahlzeit, Willi."
Er drehte sich zu mir und grinste.
„Du hast dir ja mit dem Flur Mühe gegeben."
„Mhm."
„Sam hat angerufen. Du sollst dich melden."
Sam war kurz angebunden am Telefon. Harald war gerade da und sie stellten neue Karten-Editionen online.
„Heute 16:00 Uhr, in der Kuperstraße."
„Wo ist die? Und was ist da?"

„In Vaihingen, im Industriegebiet. Fahr zum Bahnhof Vaihingen und dann musste noch ein bisschen laufen. Da is Basement Dreams. Der Pornoverlag. Ich hab dir einen Termin besorgt, beim Chef. Um 16:00 Uhr."
„Gut ..."
„Ja, alles klar? Cool, dann viel Erfolg, muss hier weitermachen."
Ich hörte ein Klicken und eine tutende Leitung. Das hieß dann also, ich hatte ein Vorstellungsgespräch bei einem Pornoverlag. Was zieht man dafür an?

Nachdem ich mit Violet beim Arzt war – ein Raum voller kleiner, kranker, krakeelender Kinder – und dieser nichts Besorgniserregendes feststellen konnte, entschied ich mich für ein sauberes Hemd und eine etwas bessere Jeans. Passenderes hatte ich nicht. Ich klopfte an Martins Tür und sagte ihm Bescheid, dass ich für eine Weile unterwegs sein würde.
„Ich bin in drei Stunden wieder da. Oder so."
„Da bin ich nicht mehr da. Ich geh heute ins Theater."
Ich kam ehrlich gesagt gar nicht auf die Idee, zu fragen, welches Stück er sich ansehen wollte.
„Gut, viel Spaß und bis morgen."
„Und was ist mit den beiden Kleinen?"
Es gibt Dinge, derer ist man sich nicht bewusst, wenn man keine Kinder hat.
„Was soll mit ihnen sein?"
„Du kannst sie nicht allein lassen."
Sachen, die selbstverständlich sind, wenn man Kinder hat.
„Wann gehst du?"

„Um halb sieben.“
Und diese Sachen musste ich jetzt lernen.
„Ich bin um sechs wieder da.“
Alle.

Die Fahrt in der Bahn ließ mir viel Zeit zum Nachdenken. Da war ein komisches Gefühl im Magen. Ich wusste nicht, was mich erwartet. Pornos werden eher verachtet und tabuisiert als ausdiskutiert. Zumindest, wenn man ein geistiges Alter von 18 überschritten hat. Wie sahen jene aus, die solche Sachen produzieren? Waren das Männer in rosa Bademänteln und Goldketten mit Mädels um sich herum? Oder waren das Männer im legeren Anzug, die Familie hatten und alten Frauen über die Straße halfen? Ist das Pornoding für sie nur Arbeit oder Berufung? Und würde ich da reinpassen? Ich dachte auch über die Kinder nach. Für die nächsten 2 Wochen würde ich den Leihvater spielen müssen. Ich wusste gar nicht, worauf ich weniger Lust hatte. Auf Kinder aufpassen oder Pornos schreiben. Ich starrte aus dem Fenster, bis die weibliche Stimme Vaihingen ansagte.
Der Weg führte zwischen riesigen, heruntergekommenen Lagerhallen hindurch direkt auf ein Gebäude zu. Ein altes Schild wies es als ehemalige Papierfabrik aus. Ich ging über eine Laderampe hinein und traf auf einen Mann, der Paletten voller Heftchen mit einem Gabelstapler durch die Gegend kutschierte. Als er mir erklärte, wo das Büro war, drückte er seine Zigarette an einem Rauchverbots-Schild auf dem Gabelstapler aus.

Kommentarlos ging ich die Eisentreppe hoch und lief auf einem Steg über Druckmaschinen hinweg. Bis jetzt hätte dies eine normale Druckerei sein können. Doch dann öffnete ich eine schwere Tür, an der das Logo von Basement Dreams angebracht war. Als die Tür ins Schloss fiel, war es leise. Es musste eine schalldichte Tür sein, denn die Druckmaschinen arbeiteten nicht gerade geräuscharm. Ich stand in einem Flur, an dessen Wänden eingerahmte Cover hingen: ‚In Diana Jones' und ‚Adams Riese' und ‚Der Schwanz der Vampire'. Zumindest die Namen waren kreativ.
Ich klopfte an die Tür am Ende des Ganges und hörte von innen etwas undeutlich Gemurmeltes. Dann betrat ich die Höhle des Drachen.
Das Büro war ordentlich aufgeräumt, wenn man vom Schreibtisch absah. In Regalen standen Hefte mit ähnlichen Namen wie die der Cover im Flur. Hinter dem Schreibtisch war die riesige Rückenlehne des Stuhls.
„William?"
„Ja, der bin ich."
„Gut, ich bin Bob Tail und der Verleger von Basement Dreams. Wissen Sie, worum es geht?"
„Naja, Sam hat nichts Genaueres gesagt."
„Gut, ich werde es ihnen erklären. Ich will Sex."

—— • ——

Kurz bevor Martin gehen wollte, kam ich nach Hause. Er sah mich böse an.
„Um sechs wolltest du da sein."
Ich zuckte mit den Schultern.
„Es ging nicht schneller."

„Hast du den Job?“
Ich zögerte, dann nickte ich.
„Na, dann hat sich's ja gelohnt. Was ist es denn für einer?“
„Ich soll Geschichten schreiben.“
„Hey, das ist doch super!“
Mein Schweigen ließ ihn die Stirn runzeln.
„Wir können ja morgen drüber reden! Ich muss los. Pass auf die Kleinen auf.“
Das ‚auf die Kleinen aufpassen' musste nebenher passieren, erst musste ich ein paar Aufgaben auf der Liste nachgehen. Dort stand, ich solle das Abendessen zubereiten. Ich klopfte bei Emma und Violet an der Tür.
„Ladies, sollen wir eine Pizza bestellen?“
Natürlich hatten sie Lust auf Pizza. Sara hielt nichts von Fast Food und geliefertem Essen. Sie kochte immer selbst. Und verbot ihren Kindern, zu Burger King und McDonalds zu gehen. Doch genau dadurch weckte sie das Interesse für solche Fastfood-Stätten.
Bis die Pizza kam, räumte ich die Küche auf und die beiden Mädchen halfen mir. Im Gegensatz zu mir wussten die Gören, was wohin gehörte. Dann, als wir fertig waren, als ob es abgesprochen wäre, klingelte es und der Pizzamann stand vor der Tür. Ich bezahlte ihn und bemerkte, dass Sara mir nichts an Geld dagelassen hatte.
Ich wollte mich wieder in mein Zimmer zurückziehen, als die Mädchen bettelten, ich solle doch mit ihnen etwas spielen. Innerlich stöhnte ich auf, aber ich kannte die Beiden. Sie waren so stur wie die Mutter und sie würden mir keine Ruhe lassen. Und was noch viel schlimmer war, sie würden mich bei ihrer Mutter verpetzen. Also rannte Emma los und holte Brettspiele.

Kurz darauf waren die beiden komplett im Spiel vertieft und ich versuchte, eine gute Miene zu machen. Ich würfelte. Das Telefon klingelte. Die Mädchen machten keine Anstalten.
„Das Telefon klingelt."
Ich zog eine meiner Figuren weiter. Emma sprang ans Telefon.
„Wayfarer?"
Ich warf eine von Emmas Figuren aus dem Spiel. Violet nahm die Würfel.
„Mama!"
Sie würfelte. Wir sahen beide zu Emma.
„Uns geht's super! Nur Lila hat sich beim Ballet verletzt!"
Violet zog eine ihrer Figuren vor. Emma redete wie ein Wasserfall.
„Onkel Willi, Mama will mit dir reden."
Violet warf eine meiner Figuren aus dem Spiel. Emma drückte mir das Telefon in die Hand und sprang zurück zum Sofa. Ich stellte mich sicherheitshalber in den Türrahmen.
„Hallo Sara. Wie geht's dir?"
„Ich bin gut angekommen, wie geht's den Kindern? "
„Gut, Emma hast du ja gerade gehört, Violet hat sich beim Ballet ein Bein überdehnt."
„Aber sie geht in die Schule?"
„Ja, Emma hilft ihr und gemeinsam humpeln sie hin."
„Was macht Martin?"
„Er ist gerade im Theater."
Emma hatte noch eine meiner Figuren aus dem Spiel geworfen und die Mädchen brachen in Gelächter aus.
„Scheint, als ob ihr Spaß habt."

„Zumindest die Mädchen haben Spaß..."
„Haben die Kinder ihre Hausaufgaben gemacht?"
„Ja, haben sie."
„Gut. Dann küss sie von mir und... nein küss sie lieber nicht. Richte ihnen Grüße aus. Und bring sie bald ins Bett. Ich ruf morgen wieder an. Und schau auf die Liste."
Dann legte sie auf.
„Ja, ich wünsche dir auch einen schönen Abend. Ciao Sara."
Ich legte auf. Emma und Violet sahen mich an.
„Was?"
„Du hast verloren!"

Kurz vor neun sperrte ich die Kinder in ihr Zimmer, setzte mich auf das Bett in meinem Zimmer und nahm den Zettel zur Hand, den ich von Mister Porno bekommen hatte. Auf diesem standen die Formatierungsrichtlinien, also Schriftgröße, Zeilenabstand und so weiter. Aber auch die Tabus, also Sex mit Minderjährigen oder Tieren, Vergewaltigungen und Mord. Ich packte meinen Laptop aus. Ein iBook, erste Generation, die Bunten. Ist zwar schon alt, aber zum Schreiben reicht er allemal. Geld für einen neuen hatte ich sowieso nicht. Ich steckte das Netzteil ein und schaltete ihn an. Der Akku hielt noch zwei Minuten. Das reichte gerade mal, um von einer Steckdose zur nächsten rennend den Sitzplatz zu wechseln.
Ich hatte keinen blassen Schimmer, was ich schreiben sollte. Pornos, natürlich. Doch in meinem Kopf war nichts vorhanden. Es war nicht so, dass ich keine Pornos kannte. Natürlich hatte ich mir schon Pornofilme angesehen. Doch soweit ich mich erinnern konnte,

gab es keine Handlung. Zumindest keine erwähnenswerte. Sollte das nun bei Pornogeschichten anders sein? Im Grunde brauchte man doch nur einen Aufhänger und vielleicht ein bisschen Stroh oder ein rotes Halsband, um dann zwei oder mehr Personen aufeinander treffen und miteinander schlafen zu lassen. So schwer konnte das nicht werden.
Ich brauche erst einmal zwei Personen ... Jochen und Julia. Die beiden sind ... Arbeitskollegen. Und ... sie arbeiten bis spät in die Nacht, waren die beiden einzigen, die noch arbeiteten und Jochen sieht sich auf seinem PC Pornos an. Julia erwischt ihn dabei, meint aber nur, sie hätte noch nie einen Porno gesehen. Um sich herauszureden, meint Jochen scherzhaft, sie könne doch vorbeikommen und sie schauen sich zusammen einen an. Zu seiner Überraschung sagt sie ja. Und dann kommt sie am Abend und dann schauen sie sich das an und bla bla bla. Das normale Klischee. Die beiden treiben es überall, im Bett und auf dem Wohnzimmerboden. Und dann, dann verlieben sie sich und schauen seitdem immer zusammen Pornos, die sie nachstellen.

Ich schrieb die ganze Nacht. Als ich das Ende auf Seite 32 schrieb, war es zehn vor sechs. Jetzt lohnte es sich nicht mehr, ins Bett zu gehen, bevor die Kinder aufstehen würden. Ich muss zugeben, ich war stolz auf mich. Diese Euphorie machte mich wacher als viele Stunden Schlaf. Martin sah mich verwundert an, als ich pfeifend das Frühstück für die Kinder vorbereitete.
„Was ist denn mit dir los?“
„Nix, bin nur gut drauf.“
„Und wach. Wann bist du ins Bett?“

„Gar nicht. Ich hab die Nacht durchgeschrieben. Aber ich habe dich gar nicht gehört, wann bist du gekommen?“
„Um eins war ich zu Hause. Weckst du noch die Kleinen? Und schaust du dir dann auch noch mal Violets Bein an?“
Dass ich die Monster aus ihrem Käfig holen musste, tat meiner guten Laune keinen Abbruch. Die Schwellung am Bein war stark zurückgegangen. Eine knappe Stunde später war ich wieder allein. Mein Glücksgefühl war zwar immer noch vorhanden, aber ich spürte den fehlenden Schlaf. Ich stellte den Wecker auf elf Uhr und legte mich ins Bett.

—— • ——

Emma kam als erste heim und schüttelte erstaunt den Kopf.
„Als du heute Morgen so wach warst, war das schon komisch, aber jetzt kochst du auch noch! Du wirst ja ein richtiger Papa!“
Eigentlich lächerlich, solch eine Aussage von einem kleinen Kind. Dennoch war es irgendwo ein Kompliment, das mich stolz machte. Ich versorgte den Haufen mit Futter, dann begab ich mich wieder in die Kuperstraße. In meiner Hand hielt ich die ausgedruckten Seiten. Mein erster Porno. In der Bahn stand ich auf und überließ einer älteren Dame meinen Platz. Vielleicht war es gar nicht so schwer, zu leben und das Leben durch ein Tabu zu finanzieren. Bob Tail war überrascht, mich schon wieder zu sehen.
„Was ist los? Haben Sie es sich anders überlegt?“

„Ich bin fertig."
„Mit ihrem 32er?"
Bob streckte seine Hand aus und ich gab ihm die Seiten. Er brauchte keine fünf Minuten, um sie durchzublättern. Dann legte er sie auf den Tisch und atmete tief ein. Mein stolzes Grinsen konnte ich mir nicht verkneifen.
„Das ist scheiße."
Wie bitte?
„Wie bitte?"
„Das ist romantisches Blabla. Das ist nichts Neues. Unsere Leser sind anspruchsvoll! Seien sie kreativ. Unsere Leser brauchen neue Inspirationen. Sie glauben gar nicht, wie schnell solche Geschichten leergelutscht sind."
Er kicherte über seinen eigenen Wortwitz.
„Sie haben immer noch bis Dienstag Zeit, schreiben sie mir eine richtig schöne Pornogeschichte. Und das hier ..."
Er gab mir meine Blätter zurück.
„... können sie an eine Frauenzeitschrift schicken."
Dann zündete er sich eine seiner Zigarren an. Ich sammelte die Reste meines Selbstbewusstseins zusammen und verließ das Büro. Die Leser brauchen neue Inspiration? Mein Porno war romantisch?
Zu Hause angekommen legte ich meine Geschichte auf mein Bett und quälte mich durch die Zimmer, um zu sehen, ob die beiden Kleinen ihre Hausaufgaben machten.
„Es ist doch Wochenende. Da haben wir keine Hausaufgaben! Will, spielen wir später wieder was?"
Nie im Leben. Da war das Pornos ausdenken noch ein Vergnügen dagegen.
„Ich weiß noch nicht."
„Und bestellen wir wieder Pizza?"
„Nein, Emma."

Die Kleinste sah mich böse an.
„Bist doch kein guter Papa."
Wie konnten die Worte einer sechs Jahre alten Göre einen erwachsenen Mann so hart treffen? Völlig in Gedanken versunken bereitete ich das Abendessen vor. Brot und der restliche Inhalt des Kühlschranks. Eigentlich sollte ich mich um den nächsten Porno kümmern. Ich könnte auch mit Sam losziehen. Stattdessen würde ich den Freitagabend mit den Kleinen verbringen müssen. Ich hatte keine Lust, mir wegen eines Pornos noch eine Nacht um die Ohren zu schlagen. Aber den Abend mit den Kindern zu verbringen war auch nicht gerade meine Lieblingsbeschäftigung. Und dann ließ mich mein halb erwachsener Neffe auch noch im Stich. Er verschwand nach einem Bissen Brot, um „mit einer Freundin was trinken zu gehen". So nannte man das heute also.
„Viel Spaß."
Er zwinkerte mir zu und verschwand.
„Was machen wir heute Abend, Onkel Will?"
„Ich würde sagen, ihr geht früh ins Bett."
Ich grinste, als sie lautstark protestierten. Ich glaube, jedes Kind reagiert so auf „früh ins Bett" gehen.
„Könnt ihr euch nicht selbst beschäftigen?"
Violet schüttelte den Kopf.
„Ich will Labyrinth spielen!"
Emma hielt dagegen.
„Schweinsgalopp."
Die beiden Kinder stritten sich darum, was sie jetzt spielen wollten und warfen mit noch mehr Spielenamen um sich, die mir nichts sagten. Das ist so eine dieser Situationen. Man sitzt bei einer Gruppe und diese redet über die Schule, die alle besuchten außer man selbst.

Oder über Filme, die man nie gesehen hat. Und das Thema kann noch so interessant sein. Ohne die Grundvoraussetzungen kann man nicht mitreden. Dann hatten sie sich geeinigt.
„Wir spielen Spongebob."
Spongebob? Soweit ich wusste, war das eine Fernsehserie.
„Da gibt's ein Spiel?"
„Mehrere, aber wir haben nur eines."
Emma rannte die Treppen hoch und kam mit einem Spiel wieder herunter. Sie packte es aus und legte es auf den Wohnzimmertisch. Ich war erleichtert. Es war ein ganz normales Malefiz in einer Spongebob-Version. Da konnten wir ja gleich spielen, ohne dass mir eine Sechsjährige die Regeln erklären musste. Ich nahm eine der Figuren in die Hand.
„Ich bin das hier."
Ich sah sie mir genau an.
„Ein Eichhörnchen im Taucheranzug?"
„Das ist Sandy Cheeks. Die NASA hilft ihr, auf dem Meeresgrund zu leben."
Sachen gibt's. Emma war Spongebob und Violet war ein Seestern in Hawaiihosen.
Um elf sah ich auf die Uhr.
„Sag mal, Violet, wenn Sara da ist, wann schickt sie euch am Wochenende ins Bett?"
„Um zehn."
Nach erneutem Protest und einer Gute-Nacht-Geschichte lagen die beiden um Mitternacht im Bett. Ich fuhr den Laptop wieder hoch und starrte die leere Seite an. Eine neue Pornogeschichte. Bobs vernichtende Kritik hatte mich getroffen. Diesmal musste es etwas

Gutes sein. Aber ich hatte ja auch noch bis Dienstag Zeit dafür. Erstmal brauchte ich einen Kaffee.
Nachdem die dampfende Kanne neben mir stand, wurde es auch nicht leichter. Stundenlang lief ich im Zimmer auf und ab und schrieb seitenweise Worte, nur um sie wieder zu löschen. Morgens um zwei klopfte es und Martin kam herein.
„Guten Morgen, Will."
Ich sah erschöpft vom Bildschirm auf.
„Hey Tin. Wie war's?"
Er setzte sich zu mir aufs Bett.
„Cool. Ich war mit drei Mädchen was trinken."
Ich lachte auf.
„Ich dachte, du wolltest mit einer Freundin etwas trinken gehen?"
„Ja, das dachte ich auch. Eigentlich wollte ich nur mit Lena was trinken gehen. Aber irgendwie waren plötzlich zwei Freundinnen von ihr dabei."
„Anstandsdamen? Haben sie aufgepasst, dass du dich nicht an Lena vergreifst?"
„Ja, irgendwie so was. Obwohl ich lieber allein gewesen wär mit Lena. Deswegen war ich ein bisschen ... angepisst anfangs. Die beiden waren aber echt in Ordnung. Aber immer, wenn ich etwas näher zur Lena gerutscht bin, hat eine der beiden angefangen mit ihr zu sprechen. Ich hab mich ein bisschen wie ein Außenseiter gefühlt. Wir waren erst in dieser Bar. Doch um 12 hat uns der Barkeeper rausgeworfen, dann sind wir zu der einen nach Hause, die heißt Tabea. Weil die wohnt gerade zwei Straßen weiter. Eigentlich hatte ich gar keinen Bock mehr, ich dachte, den Abend kann ich auch alleine verbringen. Doch dann hat mich Tabea darum gebeten, doch noch

mitzukommen. Das hab ich dann gemacht. Und als wir bei ihr waren, hab ich eigentlich die ganze Zeit nur mit ihr geredet. Anfangs, weil Lena nur mit Jana geredet hat und wir uns nicht anschweigen wollten. Das Zimmer von Tabea ist total krass. Die hat an einer Wand die Innereien von einem Klavier stehen. Das ist wie eine Riesenharfe. Ich hab mit meinem Handy ein Foto gemacht, Moment."
Er zog sein Handy aus der Hose, klappte es auf und zeigte mir auf dem kleinen Display das Bild. Dann zeigte er mir das nächste Bild.
„Und das ist Tabea."
Ein junges Mädchen lächelte mir entgegen.
„Weißt du, ich hab das Foto von ihr gemacht und schau es auf dem Handy an und denke plötzlich, ‚eigentlich ist sie voll hübsch'. Und ich schaue mir das Original an und denke ‚und wie!' Und dann haben wir uns noch voll super unterhalten. Über Musik und alles Mögliche."
„Schön."
„Ja, was machst du?"
„Schreiben. Zumindest versuche ich es. Aber es will nicht so richtig, mir fällt nichts Kreatives ein."
„Was soll es denn werden?"
Ich habe es ihm nicht gesagt. Nicht, dass er zu jung wäre. Aber ich wusste nicht, was er über mich denken würde. Und so wurde aus dem Porno eine romantische Liebesgeschichte für ältere Menschen. Er versuchte mir noch ein paar Tipps zu geben und verschwand dann nach oben in sein Zimmer. Auch ich klappte den Laptop zu und legte mich schlafen. Ich freute mich auf das Ausschlafen am Samstagmorgen.

Es war noch nicht einmal neun, als mich der Lärm der Mädchen aus dem Schlaf riss. Emma hatte Violet wegen ihrer Verletzung geärgert und jetzt jagten sie sich lauthals quer durchs Haus. So schlimm konnte die Verletzung also nicht sein, wenn das größere der kleinen Monster schon wieder so laut und so schnell sein konnte. Mit verklebten Gedanken stellte ich mich auf den Flur.
„Könnt ihr nicht ein bisschen leise sein?"
Emma bremste kurz ab.
„Och, Onkelchen ist schlecht drauf."
Dann rannte sie wieder los, um vor mir und Violet sicher zu sein. Ich tapste durch das Wohnzimmer in die Küche, in der ich Martin antraf. Er schaute von seinen Cornflakes auf.
„Guten Morgen."
„Morgen. Ob er gut ist, weiß ich noch nicht. Zumindest ist er sehr laut."
„Das ist jedes Wochenende so."
„Kann man sie nicht länger wach bleiben lassen, damit sie länger schlafen?"
Martin schüttelte den Kopf.
„Sie gewöhnen sich zu schnell daran. Dann hast du ein Riesengemecker, wenn sie Montag früh in die Schule müssen."
„Fragt sich, was erträglicher ist."
„Das hier, vertrau mir."
Er schob mir die Milch rüber.
„Was machst du heute?"
„Ich muss meine Wäsche zu Sam bringen, Sara hat mir verboten, sie hier zu waschen."
„Warum eigentlich? Ich versteh nicht, warum Mama dir das verboten hat."

Ich zuckte die Schultern.
„Ich verstehe vieles nicht, was deine Mama sagt. Aber Sam hat mir angeboten, dass ich vorbeikommen und sie bei ihm waschen kann."
Das tat ich dann auch. Ich stopfte einen Koffer voll mit meinen dreckigen Klamotten und machte mich auf den Weg. Da ich mit dem Koffer nicht Martins Fahrrad benutzen konnte, machte ich einen schönen Samstagmittagspaziergang.
Verschwitzt kam ich bei Sam an. Zumindest den Berg hinauf hätte ich den Bus nehmen können. Ich hoffte, Sam hatte genug Flüssiges da, damit ich das verlorene Wasser wieder reinbekam. Doch Sam war gar nicht da. Sein Handy hörte ich hinter der verschlossenen Tür klingeln, als ich ihn anrief. Verdattert und sauer stand ich vor seiner Tür. Wo sollte ich nun meine Wäsche waschen?
Bis ich im Waschsalon in Cannstatt stand, war ich der festen Überzeugung, Waschsalons seien eine Erfindung amerikanischer Hollywood-Filme. Doch der hier war echt. Nur dass hier keine hübschen Mädchen saßen, mit denen man ins Gespräch kommen konnte. Erst abends erreichte ich Sam.
„Wo warst du heute?"
„Ein wichtiges Geschäft."
„Ich stand vor deiner Tür. Mit meiner Wäsche."
„Ups."
„Ups? Wir sollten an unserer Kommunikation arbeiten."
Sam lachte.
„Es tut mir leid. Willssu jetz vorbeikommen und sie waschen?"
„Ich komme vorbei, aber die Wäsche habe ich schon gewaschen."

„Dann komm vorbei. Bis gleich."
Ich legte auf und drehte meinen Kopf in die Richtung von Martins Zimmer
„Martin, ich würde noch ein bisschen zu Sam gehen. Ist das in Ordnung?"
Er kam die Treppe runtergelaufen und setzte sich auf die Stufen, auf meiner Augenhöhe.
„Ja, ich bringe die beiden ins Bett."
„Ist etwas?"
„Ich denke nach, über Tabea und Lena."
Ich wusste, ich konnte ihm nicht helfen, das musste er selbst machen.
„Ich komme nicht so spät nach Hause, dann unterhalten wir uns mal, gut?"
„Gerne, bis dann."

Als ich in die Wohnung kam, saß Sam schon mit einem Bier auf seinem schmalen Balkon, also setzte ich mich neben ihn und erzählte von meinem ersten Porno und der Kritik.
„Ja, das Ganze is vielleicht doch nich so leicht, wie man glaubt."
„Vor allem weiß ich nicht, ob es überhaupt das Richtige ist."
„Ach Goofy, du kanns doch nicht nach einem Versuch aufhören! Probier's doch noch mal."
„Ja, das mache ich ja, aber ich weiß nicht, ob das funktioniert."
„Darüber machen wir uns nach Dienstag Gedanken. Oder nein, noch besser, versprich mir, du bis mindestens

einen Monat lang dabei. Vier Geschichten. Deal?“
Ich wusste nicht, ob ich das konnte, und vor allem wusste ich nicht, dass das alles nur eine Falle war, also sagte ich zu. Ich verabschiedete mich bald wieder von Sam, ich wollte noch mit Martin reden.

—— • ——

Durch seine Zimmertür hörte ich ihn sprechen. Ich klopfte leise an und schlich herein. Das Telefon zwischen Hand und Ohr schickte er mich wieder raus.
„Das ist Tabea, ich komme, wenn ich fertig bin.“
Ich ging in mein Zimmer. Es war Samstag und ich hatte noch vier Tage, bis ich einen weiteren Porno abgeben musste. Angesichts der Tatsache, dass ich meinen schlechten innerhalb einer Nacht geschrieben hatte, sollte ich in vier Tagen doch auch einen guten Porno schreiben können, oder? Doch ohne Motivation und Idee fühlte es sich unmöglich an. Ich setzte mir für diese Nacht das Ziel, zumindest die Idee gefunden zu haben. Dann könnte ich am nächsten Tag anfangen zu schreiben.
Eine halbe Stunde später war mein Bildschirm immer noch leer und Martin anscheinend noch nicht fertig mit Telefonieren. Ich schlich die Treppen hoch, nur um gleich wieder herunter zu schleichen. Er telefonierte tatsächlich noch. Ich könnte meinen Porno mit einem Telefonat anfangen. Er verwählt sich und kommt bei „ihr“ heraus. Danach „verwählt“ er sich öfter.
Zu romantisch. Es sollte etwas ohne Liebe sein. Es sollte mehr um Sex gehen. Sie könnten sich im Fahrstuhl treffen. Sie beide allein, der Aufzug bleibt stecken und

nachdem klar ist, dass sie die ganze Nacht über hier bleiben, fallen sie übereinander her.

Zu einfallslos. Fahrstühle, das passiert täglich, es sollte etwas Außergewöhnliches sein. Im Freibad? Im Auto? Im Wald? Umkleidekabine? Flugzeug? Oder gar in der Kirche? Friedhof? Im ersten Moment hörte sich das schon fast makaber an. Doch im Grunde war das doch alles schon mal da. Und zwar nicht nur in Pornos, sondern auch hier in unserer Realität. Das heißt, ich sollte meine Fantasie gewaltig anstrengen, um den Wünschen meines Chefs gerecht zu werden. Ich saß wieder eine Stunde herum und es war schon lange nicht mehr Spätabend, sondern früher Morgen. Wieder schlich ich zu Martin und wieder schlich ich alleine herab. Nun denn, dann würde ich wohl noch weiter überlegen. Was wäre etwas Neues? Oder wenn nicht Neues, dennoch etwas Spannendes? Oder besser noch Erregendes? Seitensprung? Flotter Dreier? Swinger Club? Mutter der Freundin? Schwester der Freundin? Freundin des besten Freundes? Jemand Unbekanntes? Alte Jugendliebe? Ich musste an Penny denken.

Wie sie ihrem Exfreund etwas heimzahlen wollte und mit mir zusammenkam. Tiefe braune Augen. Wenn man solche Augen sieht, weiß man nicht mehr, was man denken soll. Man stolpert und fällt in diese Augen, bekommt keine ganzen Sätze mehr geformt und muss weggucken, um weiterzureden. Doch eigentlich will man den Blick gar nicht von diesen Augen nehmen. Dazu die langen dunklen Haare, die das Gesicht umrahmen. Und ein Lächeln, das einfach nur unbeschreiblich ist. Und ihr Temperament, genial, wie sie durch das Leben geht

und im Bett erst. So eine Frau war Penny. Sie hatte mich an der Angel gehabt. Schneller als ich gucken konnte, verbrachte ich glückliche Wochen mit dieser Frau. Nur mit dieser Frau. Irgendwann fiel mir auf, dass ich weder für Sam noch für andere Menschen oder gar für das Schreiben Zeit fand. Darüber redete ich mit ihr. Doch sie stellte genau diesen Anspruch, dass ich immer für sie da sei. Und ich brachte nicht die Kraft auf, mich dagegen aufzulehnen.
Als Penny eines Abends nicht da war, wollte ich Sam besuchen gehen. Dort fand ich sie. Sie wiederholte das, was sie bei dem Typen vor mir auch gemacht hatte. Sie verletzte mich und verschwand dann. Sam war in dem Moment nur Mittel zum Zweck. Auch wenn er es bestimmt nicht unfreiwillig tat.

Da hatten wir es also, Freundin des besten Freundes.
Es klopfte an der Tür und Martin kam herein. Es war halb Zwei in der Früh.
„War aber ein langes Telefonat."
„Lang und toll."
„Erzähl."
Ich klappte den Bildschirm zu und Martin setzte sich auf mein Bett.
„Ich muss dir dann noch das alles davor erzählen. Gestern Abend war ich ja mit den drei Mädchen unterwegs, obwohl ich nur mit Lena was machen wollte. Heute Morgen hat mir Tabea eine SMS geschrieben, wie es mir geht und dass sie den gestrigen Abend schön fand. Dann haben wir immer hin und her geschrieben und dann telefoniert. Vier Stunden."
„Ich dachte, du magst die andere?"
„Lena. Ja, tu ich ja auch. Das war einer der Gründe für unser langes Gespräch. Ich hab Tabea erzählt, dass ich

das Verhalten von Lena nicht so gut finde. Und sie hat mir dann Lenas Verhalten erklärt und mir etwas die Angst genommen. Dann haben wir noch über uns geredet und uns gefreut, dass wir uns kennen gelernt haben. Und wir haben uns versprochen uns auch noch zu kennen, wenn das mit Lena und mir nix wird."

Zwei Monate später war er mit Tabea zusammen. Doch in dieser Nacht unterhielten wir uns noch über Lena, das Mädchen, das er aus der Schule kannte. Sie war in seiner Parallelklasse. Er erzählte mir seine eigene, jeder anderen Jugendliebe ähnelnde Geschichte.

Wenn wir jung sind, gehen wir davon aus, dass unsere Geschichte eine besondere ist, dass nur uns so was passiert. Oder dass nur uns eben nichts passiert. Und vielleicht ist gerade dieser Fakt das Interessante daran. Dass wir etwas außergewöhnlich finden, obwohl es im Grunde alltäglich ist. Vielleicht ist es das, was uns im restlichen Leben fehlt. Die Fähigkeit, Alltägliches außergewöhnlich zu sehen. Und so hörte ich Martin zu. Doch ich hörte weniger darauf, was er sagte, als darauf, wie fasziniert und enthusiastisch er es sagte.

Ich erzählte ihm auch meine Mädchengeschichten und nach Drängen seinerseits erzählte ich ihm auch von Maja. Doch nur grob. Erst in einem späteren Gespräch, in dem wir auch über die Pornos redeten, vertraute ich ihm an, was auf dieser Party passiert war, nach der seine Mutter ihrem Bruder nicht mehr vertraute.

Es war fünf Uhr, als Martin ins Bett ging. Draußen dämmerte es schon. Ich fühlte mich überhaupt nicht müde.

So zog ich mich an und schloss die Haustür leise hinter mir. Der Wind fegte die Blüten der Bäume vor mir her. Eine halbe Stunde später bog ich in den Schlossgarten ein. Im heller werdenden Licht des Tages dachte ich nach. Über Martins Geschichte, die er mir erzählt hatte und über meine Pornogeschichte, die ich zu erzählen hatte. Sex im Park? Ich kam langsam zu den Ruinen des Lustschlosses in der Nähe des Planetariums, von dem aus ich den Sonnenaufgang beobachten wollte. Ich erkannte eine Silhouette, die sich den Ruinen von der anderen Seite her näherte. Schwarze Kleidung, bleiches Gesicht, glühende Kippe im Mund und die Haare in die Augen hängend. Der hagere Mann sah aus wie der Tod in seinen jüngeren Jahren. Und dann erkannte ich das Gesicht. Es war Alex, der Typ mit den Zigaretten aus der Bar. Er war vor mir da, setzte über den Zaun und bestieg über die alte Treppe und das neue Baugeländer die Reste des Daches. Ich setzte mich zu ihm.
„Hey Alex. Kennst du mich noch? Will? Wir haben uns vor ein paar Tagen in der Bar gesehen. Ich hab mir ne Kippe von dir geschnorrt."
Alex' Kopf drehte sich zu mir. Dann hielt er mir seine Rechte und mit der linken Hand eine Packung Black Death hin. Ich schüttelte seine Hand und lehnte die Zigaretten ab. Er nahm einen tiefen Zug, atmete aus und nahm den nächsten.
„Was geleitet dich zu solch früher Stunde an diesen Ort?"
„Gute Frage, ich wollte ein bisschen raus aus dem Haus, ein bisschen ..."
Er hob die Hand und bedeutete mir, ruhig zu sein.
„Lass uns den Sonnenaufgang lautlos genießen."
Und das taten wir dann.

Einen Sonnenaufgang hatte ich das letzte Mal vor fünf Jahren gesehen. In Montenegro. Fünf junge Menschen, die alle vor zwei, drei Jahren erwachsen geworden waren. Wir sind Anfang des Sommers mit dem Zug nach Podgorica. Zwei Monate verbrachten wir in Montenegro. Ohne Plan und Vorbereitung zogen wir durch das Land, das 25mal kleiner ist als Deutschland. Ich weiß nicht mehr, wie viele Menschen dort leben. Viel weniger als in Deutschland, aber alle sind gastfreundlich. Am Anfang der Reise hatten wir uns ein Auto gekauft. Wir hatten uns ausgerechnet, dass wir damit billiger durchkommen würden, als die ganze Zeit mit dem Zug zu fahren.
Wir genossen unseren letzten Abend bei Leuten, die wir kurz davor kennen gelernt hatten, 20 Kilometer von Podgorica entfernt. Um neun Uhr würde unser Zug wieder fahren. Morgens um zwei Uhr bemerkten wir, dass unser Auto mitsamt unserem Gepäck geklaut worden war. Und wir hatten sieben Stunden, um nach Podgorica zu kommen. So wanderten wir die Nacht durch in den Sonnenaufgang hinein.
Nur beim Sonnenaufgang und Sonnenuntergang kann man in die Sonne gucken.

Wir saßen die 20 Minuten schweigend da und beobachteten, wie die Welt erwachte. Je heller es wurde, desto lauter wurde es. Die Vögel zwitscherten mit dem ersten Sonnenschein und irgendwo krähte ein Hahn. Alex zündete sich eine neue Kippe an.
„Nun habe ich die Muße, deinen Ausführungen zu lauschen."
Ich kannte ihn ja eigentlich nicht. Aber ich dachte, was kann es schaden, dem jungen Tod vom Leben zu erzählen? Und so erzählte ich. Von Linda. Von Sara. Von meinen Neffen und Nichten. Von Sam. Von Bob Tail. Von

meinem misslungenem Porno. Und dann schwiegen wir wieder. Alex zündete sich eine neue Zigarette an.
„Ich empfand Pornografie nie als anregend oder gar ... erregend. Sie ist so ... wie sagt man, einfallslos. Nein, nicht einfallslos, sondern plump, das ist das bessere Wort. Man bekommt Sämtliches vorgekaut dargelegt. Ja, selbstverständlich ist es angenehm, die Rundungen der Damen so begutachten zu können. Oder von Menschen wie dir beschrieben zu bekommen. Aber durch die Schamlosigkeit, welche in Pornografie breitgetreten wird, komme ich persönlich nie in den Genuss einer Erregung. Obwohl es im eigentlichen Sinne keine Pornografie ist, war ich doch mehr angetan von Ovids Ars Amatoria. Ovid deutet gewisse sexuelle Dinge lediglich an, meist mit einem Hauch von Ironie und Übertreibung. Die eigene Fantasie hat somit ihren Freilauf und sie ist sowieso meist besser als die der Buchstabenwürfler oder Filmemacher. So gesehen begutachte ich doch lieber einen Katalog eines Versandhandels, als dass ich mir ‚Wenn der Klempner zweimal kommt' zu Gemüte führe."
Manchmal redet man mit jemandem, der der deutschen Sprache nicht mächtig ist. Dann fühlt man sich, allein aufgrund der Sprache, besser als der andere. So ähnlich ging es mir mit Alex. Nur andersherum. Ich konnte zwar Deutsch sprechen, doch Alex spielte mit den Worten. Er wählte jedes seiner Worte bewusst aus, er war wie ein Mönch der Worte. Machte lange Pausen, nur um unter zehn möglichen das einzig wirklich passende herauszupicken. Nahm sie zurück, wenn sie nicht passten, und spuckte ein weiteres aus. Er ließ sie durch seine Finger gleiten, wie Stoff, den man auf seine Qualität hin

überprüft. Er ließ keine unbewusste Zweideutigkeit in seinen Redewendungen aufkeimen.

In späteren Gesprächen verriet mir Alex auch den Grund seiner Hingabe zur Sprache. Weil er in der Schule Probleme mit dem Lesen hatte, wurde er zum Arzt gebracht. Legasthenie, sagte dieser und schickte ihn zum Psychologen. Die anderen Kinder in der Klasse nannten ihn ‚doof', weil er jeden Tag zum Doktor musste. So wurde er durch die Therapie zum Außenseiter. Und irgendwann ging er nicht mehr zu dem Mann mit der Liege, sondern in die Stadtbibliothek. Jetzt, da er keine Freunde mehr hatte, hatte er Zeit. So las er sich durch die Bibliothek. Und mit 15 hatte er seine Lieblingsschriftsteller gefunden. Nämlich diejenigen, die die Sprache, die ihm so Schwierigkeiten machte, zu einer Kunst erhoben hatten. Diese Kunst wollte er erlernen. Aus dem schreib- und leseschwachen Jungen wurde der Beste seines Jahrgangs. Außenseiter blieb er dennoch.

Ich ließ mich von seinen Worttänzen zwar beeindrucken, aber nicht einschüchtern, und dachte über die Essenz seiner Worte nach. Weg von dem direkten Sex zu dem Kopfkino eines jeden Einzelnen. Alex zündete sich eine weitere Kippe an. Es war sieben Uhr und ich war motiviert und wollte schreiben. Ich verabschiedete mich von Alex, aber er sah sich die Welt an, die gerade am Erwachen war. Es schien, als ob ich für ihn nicht mehr da sei. Aber meine Gedanken waren auch woanders, als dass ich mir darum hätte welche machen können.
Sonntags um diese Zeit war noch alles still und ich nutzte diese Stille, um zu schreiben. Eine Geschichte hatte ich schon. Die Geschichte des Blinden namens

Tommy, der im Internat immer den allnächtlichen Liebesspielen seines Zimmernachbarn zuhören ‚muss'. Er weiß nicht, was passiert, weil er es nur hören kann, und so lässt er seiner Fantasie freien Lauf. Irgendwann irrt sich das Mädchen im Zimmer und landet bei Tommy. Sie erfährt, dass er blind ist und nichts mit ihr anfangen kann und so zeigt sie ihm, was Erregung bedeutet und verführt ihn jede Nacht. Doch der Junge spürt nur, und kann nicht genau sagen, was mit ihm geschieht und so muss der Leser beurteilen, was das Mädchen mit Tommy macht und wie sie ihn von Höhepunkt zu Höhepunkt treibt.
Ich war begeistert. Sex pur und dennoch Fantasie en masse. Und andersherum. Doch wofür Gedanken nicht mal einen Augenaufschlag benötigen, braucht die Hand auf der Tastatur Stunden. Ich schrieb ein Drittel der Geschichte, bis die kleinen Monster erwachten. Am Frühstückstisch tauschten Motivation und Müdigkeit ihre Plätze. Nun machte sich das Defizit an Schlaf bemerkbar. Ich räumte noch ab, stapelte das Geschirr und legte mich dann ins Bett.
Als ich aufwachte, war Martin wieder am Telefonieren. Emma und Violet spielten draußen. Ich kümmerte mich um das Haus und um das Essen. Je mehr Zeit ich hier verbrachte, desto größeren Respekt hatte ich vor meiner Schwester und vor jeder anderen Hausfrau. Wie schaffte man es, Kinder, Haushalt, Freizeit und vielleicht auch noch einen anderen Job unter einen Hut zu bringen? Ich fühlte mich damit überfordert, doch die beiden Kleinen halfen mir. Ich musste mir langsam angewöhnen, die beiden Kinder nicht als Plage, sondern als kleine Menschen zu betrachten. Hobbits, sozusagen.

„Mama hat vorhin angerufen. Emma war am Telefon und hat dich gelobt. Aber nachdem Mama aufgelegt hatte, war Emma traurig. Ich glaube sie vermisst Mama sehr. Kannst du dich noch ein bisschen um sie kümmern?“
Als ob dieser kleine Mensch meine Gedanken lesen könnte und mir gleich eine Aufgabe stellen wollte. Ich hatte mich noch nie gern um Frauen gekümmert, die jünger als 18 waren. Das hatte jedes Mal zu Problemen geführt.
Emma lag schon im Bett, als ich eintrat.
„Darf ich reinkommen?“
„Wenn du nicht gleich wieder gehst.“
Ich setzte mich zu ihr ans Bett und strich ihr über den Kopf. Ihre Haare waren so kurz und widerspenstig, wie die ihrer Mutter es waren. Sie sah immer aus, als ob sie gerade aus dem Bett gekommen war.
„Wie geht's dir?“
„Ich vermisse Mama.“
Ihre kleinen Augen waren den Tränen nahe. Ihre Muskeln im Gesicht verzogen sich. Sie wollten weinen, aber Emma wollte nicht. Ich beugte mich zu ihr herunter und nahm sie unbeholfen in den Arm.
„Hey Emma, Mama kommt bald wieder.“
Menschen können in jedem Alter sein, wenn sie weinen, sehen ihre Gesichter immer gleich aus. Ich wischte ihr die Tränen aus dem Gesicht.
„Wie kann ich dich ablenken?“
Sie schniefte.
„Erzähl mir eine Gute-Nacht-Geschichte.“
„Okay.“
Okay ließ sich so leicht sagen; aber für jemanden, der

die letzten Tage nur an Sex gedacht hatte, war eine Kindergeschichte nicht nur Okay, sondern eine Herausforderung. Mir fiel etwas ein, was ich vor vielen Jahren mal geschrieben hatte. Ich ging die Geschichte kurz im Kopf durch.
„Also unsere Geschichte beginnt mit ..."
„Es war einmal!"
„Nein, sondern mit ‚wenn sie nicht gestorben sind, dann leben sie noch heute.'

Den letzten Teil des Satzes sprach der Junge laut und lachend mit. Er klatschte freudig in seine kleinen Hände und sein strahlendes Lachen schien das Kinderzimmer zu erhellen. Max liebte Märchen. Er liebte sie über alles. Aber er wollte nie eines zweimal hören. Und so kam es, dass seine Mutter alles unternahm, um ein neues Märchen für den kleinen Max zu finden. Millionen Geschichten aus Tausenden Bücher und Hunderten Kassetten hatten sie gemeinsam schon erlebt. Und jetzt kam das, was kommen musste.
‚Mami, liest du mir noch eines vor?'
Gequält sah sie in das junge Gesicht des Kindes. Mit dem Zeigefinger strich sie dem Kleinen das Haar aus den Augen.
‚Max, es gibt keine Geschichten mehr. Ich kann dir keine Märchen mehr vorlesen. Was machen wir jetzt?'
Nur für einen Moment spiegelte sich Enttäuschung in dem Gesicht ihres Sohnes, doch schon dieser Moment offenbarte ihr einen Schmerz, den sie nie wieder in ihrem Leben fühlen wollte. Dann zuckte ein verschmitztes Lächeln in den Mundwinkeln.
‚Mama ... Kannst du ein Märchen für mich erfinden?

Würdest du das tun? Und liest du es mir dann morgen vor?'

Stille flutete den Raum, Verzweiflung umschloss mit ihrer kalten Hand das Herz der Mutter. Sie seufzte innerlich.

‚Ja, mein Schatz, das werde ich tun.'

Sie küsste ihn auf die Stirn und fuhr mit der Hand über seine Augen. Sie stand auf, löschte das Licht und schloss leise die Tür. Sie würde alles tun, was er wünschte, solange sie noch die Möglichkeit hatte, ihn fröhlich zu sehen.

Der kleine Max war krank, sehr krank. Er würde nicht mehr lange hier sein. Die Zeit, die sie hier noch gemeinsam mit ihm hatte, wollte sie in guter Erinnerung behalten.

Das Schreibtischlicht war das einzige Licht im Raum. Sie beugte sich über das weiße Blatt Papier und fing an zu schreiben:

Es war einmal eine Frau, die war sehr arm. Sie hatte nicht das Geld für eine Wohnung und so wohnte sie in der Welt. Sie hatte auch nicht das Geld für Essen und so musste sie von der Freundlichkeit anderer Menschen leben. Doch sie hatte ein Kind, das wuchs in ihrem Bauch heran. Und sie hatte viel Liebe, mit der sie dieses Kind nährte. Doch nur von Liebe leben keine Menschen und so kam es, dass die Frau in der Weihnachtsnacht auf dem verschneiten Marktplatz zusammenbrach. Sie keuchte und spürte, dass ihr Kind das Licht der Welt erblicken wollte. So wurde in dieser Weihnachtsnacht ein Mädchen geboren, das kaum eine Familie hatte. Die Geburt war wohl zu viel für die Frau gewesen. Sie blickte ein letztes Mal glücklich

und erschöpft in das unschuldige Gesicht des Kindes und bevor das Licht in ihren Augen für immer verlosch, sprach sie den Namen ihres Kindes aus: ‚Lisa'
Dann schlossen sich die Augen und zurück blieb ein einsames Kind in einer leeren Winternacht.
Kein Mensch hatte von dieser Tragödie Notiz genommen, doch Frau Holle und der Wassermann hatten von einer Wolke aus alles beobachtet. Mit Tränen in den Augen wandte sich der Wassermann an Frau Holle.
‚Können wir sie da liegen lassen?'
Frau Holle wischte ihm mit einer kleinen Wolke die Tränen aus dem Gesicht und schüttelte den Kopf. Dann rief sie Bruder Wind und befahl ihm, das Kleine herzubringen. Der Wind sauste los, umwirbelte das Kind und brachte es hinauf auf die große Wolke. Der Wassermann wusch es und Vater Sonne trocknete es, dann legte Bruder Wind das Kind ganz sanft auf dem Regenbogen ab und ließ es dort ausschlafen.
Von nun an war Lisa das Mädchen vom Regenbogen und dort lebte es und wuchs heran. Es hatte viele Freunde, die sich um sie sorgten. Da waren Frau Holle, Vater Sonne, der Wassermann und Bruder Wind. Aber die waren ja alle viel älter als Lisa. Deshalb fühlte sich Lisa ein wenig einsam und langweilte sich. So fing sie an, mit den Sternen zu spielen. Sie riss die Sterne vom Himmel und warf sie den Regenbogen herunter. Die Sterne rollten auf dem Regenbogen entlang und ihre Strahlen brachen ab. Sie wurden zu Goldmünzen. Sobald sie über den Rand des Regenbogens purzelten, fielen sie durch unseren Himmel und verglühten. Sie wurden zu Sternschnuppen. Deshalb gab es eine Zeit, in welcher der Himmel des Nachts immer taghell erleuchtet war.

Damit konnten aber die Zwerge nicht leben, denn wie jedem bekannt ist, können Zwerge nur in der Nacht arbeiten und nun waren die Nächte immer erhellt. In aller Eile fertigten sie einen großen Topf aus Zwergenmetall, den sie am Ende des Regenbogens aufstellten. Jetzt fielen alle Münzen in den Topf und die Nächte waren wieder dunkel. Doch mittlerweile ist der Topf so voll, das manchmal eine Münze wieder herausspringt und eine einzelne Sternschnuppe durch unseren Himmel schießt.

Max lachte und klatschte in die Hände. Er freute sich, denn die Geschichte gefiel ihm sehr. Aber ein kleines bisschen traurig war er auch, denn er wollte nicht, dass das kleine Mädchen vom Regenbogen einsam ist. Es war, als ob Max auf diese Geschichte gewartet hatte. Denn am nächsten Morgen öffnete er seine kleinen Augen nicht mehr. Er lag auf dem Rücken und in seinen gefalteten Händen lag ein kleiner Zettel. Zitternd zog die Frau, die ihn auf diese Welt gebracht hatte, den Zettel heraus und las ihn durch einen Schleier von Tränen.

Hab keine Angst Mama, ich geh das Mädchen vom Regenbogen besuchen, damit es nicht mehr einsam ist. Max

Der Zettel segelte zu Boden und die Frau stürzte hinterher. Sie machte sich Vorwürfe. Sie hatte ihm diese Geschichte erzählt und nun war er mit dem Gedanken gestorben, sie könnte wahr sein. Er ist mit einer Lüge im Kopf gestorben, dachte sie. Die Tränen flossen bis tief in die nächste Nacht, doch plötzlich stockten sie. Statt dass es immer dunkler wurde, wie es der Lauf der Welt war, war es plötzlich taghell geworden. Sie sah durch das Fenster nach oben und ein Feuerwerk von Sternschnuppen ging über ihr nieder. Die Tränen versiegten und sie wusste, was sie zu tun hatte. Sie holte die Zettel mit ihrer Geschichte heraus und schrieb weiter:

Ein kleiner Junge hörte die Geschichte von Lisa, dem Mädchen vom Regenbogen. Er freute sich, dass es ihr gut ging, doch war er auch traurig, dass sie etwas einsam war. Deshalb machte er sich eines Nachts auf den Weg, um das Mädchen zu besuchen. Doch der Junge war noch klein und tollpatschig und so kam es, dass er den ganzen Topf mit den Münzen umwarf, als er auf den Regenbogen kletterte und ein Feuerwerk von Sternschnuppen den Himmel erhellte. Jetzt war der Topf zwar leer, aber nun sitzen Lisa und Max zusammen auf dem Regenbogen und können den Topf wieder gemeinsam füllen."

Emma hatte die Augen geschlossen und ich dachte schon, sie sei eingeschlafen. Doch nachdem ich geendet hatte, öffnete sie sie lächelnd.
„Schön!"
Sie gähnte und räkelte sich.
„Morgen wieder eine Geschichte?"
Ich zögerte, dann nickte ich, wünschte ihr eine gute Nacht und verließ leise das Zimmer. Ich schaute noch kurz bei Martin vorbei. Er telefonierte.

„Ok, du auch. Mein Onkel ist gerade gekommen, ich muss Schluss machen. Bis Morgen. Ja. Ciao."
Und legte auf.
„Tabea?"
„Lena."
„Und?"
„Ja, cool. Ich hab ihr gesagt, dass ich es schade fand, dass wir nicht alleine waren und sie meinte, fand sie später dann auch, aber sie hatte vorher Angst gehabt. Aber sie hat mir versprochen, dass wir das nächste Mal etwas zu zweit unternehmen."
„Schön. Siehst du sie morgen in der Schule?"
„Sehen schon, aber wir reden kaum."
„Warum?"
„Weil immer so viele Menschen drumherum sind. Ich fühle mich immer so beobachtet, wenn so viele andere da sind."
Das kannte ich. Und ich wusste, dass dieses Gefühl nie ganz verschwinden würde. Es ist egal, ob du 14, 24 oder 34 bist, du wirst dich immer beobachtet fühlen, wenn du mit deinem Schwarm redest und andere da sind. Das gehört dazu. Wir unterhielten uns noch ein bisschen, dann gingen er und ich ins Bett. Ich wollte meinen Rhythmus wieder ein wenig normalisieren und dachte, wenn ich morgen sowieso um sechs wach sein musste, der Kinder wegen, dann konnte ich auch um sechs schreiben.

Nachdem alle drei das Haus verlassen hatten, nahm ich mein Notebook aus meinem Zimmer ins Wohnzimmer.

Mit einer vollen Kanne Kaffee machte ich mich ans Werk. Den Anfang hatte ich ja schon, also konnte ich voll einsteigen. Ich schrieb Tommys Geschichte grob auf und verfeinerte sie dann immer weiter, bis es Zeit für das Mittagessen war.
Zufrieden sah ich mir die essenden Kinder an. Es schien ihnen zu schmecken. Dafür, dass Linda mich nie hatte kochen lassen, waren die Bälger mit meinem Ergebnis schweigend und mampfend zufrieden. Emma schien ihre Sehnsuchtskrise überwunden zu haben. Sie erzählte von der Schule und dem neuen Buch, das sie las. Violet erzählte von ihrer Freundin, die nun einen Hund hatte und dass der ‚sooooo' süß war und dass sie jetzt auch einen wollte. Martin erzählte nichts. Er aß schweigend sein Essen und verschwand kommentarlos in sein Zimmer.
„Bringst du uns später wieder zum Ballett, Onkel Willi?"
Die Ballettlehrerin!
Ich hatte sie vollkommen vergessen.
„Ja, das kann ich machen. Aber Violet, der Arzt hat gesagt, dass du eine Woche lang keinen Sport treiben sollst."
„Aber ich will wenigstens zugucken."
Ich wusste nicht einmal, wie sie hieß. Die Lehrerin. Bei Gelegenheit sollte ich sie fragen. Oder die Kleinen, die mussten es ja wissen. In der Zwischenzeit wollte ich meine Motivation weiter ausschöpfen. Die Zeit verging schnell. Als Emma reinstürmte, war ich tief unter der Gürtellinie und bei Seite 28.
Je eine Nichte an meinen Händen brachte ich sie zum Ballethaus, ließ sie bei den Umkleidekabinen von der Leine und machte mich auf die Suche nach der Lehrerin. Natürlich nur, um mit ihr wegen Violets Verletzung zu reden.

Ich war so gefesselt gewesen von der Pornosache, dass ich dieses schöne Gesicht und die hübschen Augen ganz verdrängt hatte. Und das Gefühl, wenn ich an das Gesicht und diese Augen dachte. Ihre Stimme kam gedämpft hinter der Tür hervor.
„Hier ist der Onkel von Violet und Emma."
Die Tür öffnete sich, sie stand dahinter.
„Hallo, was gibt's?"
„Ich wollte nicht stören, aber..."
Sie schüttelte den Kopf und ihre Geste sagte:
‚Tun Sie nicht.'
Ich lächelte, schaute in ihre Augen und konnte nicht weiter sprechen. Wie bei Penny.Ich wusste, ich musste die Augen von ihr abwenden, um etwas sagen zu können, doch gleichzeitig wollte ich nirgends anders hinsehen. Wie bei Penny.
„Aber ..."
Schließlich riss ich mich los und senkte den Blick, übersprang ihre tollen Lippen und starrte auf ihre Brüste. Toller Anblick, aber immer noch so fesselnd, dass ich kein Wort rausbekam. Also starrte ich das kurze Stück Boden zwischen uns an und fühlte mich wie ein kleiner Schuljunge vor seiner Lehrerin.
„Aber ich wollte kurz Bescheid sagen wegen Violet. Sie hatten Recht, es ist nur eine kleine Zerrung. Aber sie sollte heute noch nicht mitmachen."
Sie, wie auch immer sie hieß, nickte.
„Ich werde darauf achten. Vertrauen Sie mir."
„Mach ich."
„Schön. Bis später!"

Ich stand gerade vor der Haustür, als ich im Inneren das Telefon hörte. Schnell schloss ich auf. Es klingelte wieder. Wo war das Telefon? Wahrscheinlich bei Martin in Zimmer. Während ich die Treppen hochsprang, schaltete sich der Anrufbeantworter ein und Sara redete.
„Hallo bei Wayfarers. Wir sind grade nicht da, aber hinterlasst..."
Ich hatte das Telefon gefunden, nahm ab und hörte wieder Saras Stimme.
„Hallo Will, wie geht's den Kleinen?"
„Hallo Sara, den Kleinen geht's gut. Martin ist unterwegs, Emma und Violet sind beim Ballett."
Ich musste kurz Luft holen.
„Violet darf zwar nicht mitmachen, wollte aber unbedingt zuschauen. Die Hausaufgaben haben sie schon gemacht, ich werde sie später noch mal kontrollieren. Auch sonst ist alles in Ordnung. Wie geht's dir?"
„Gut."
Schweigen.
„Und wie geht es dir?"
„Gut geht's mir, danke der Nachfrage. Weißt du schon, wann du wiederkommst?"
„Nein, nicht genau. Alles zwischen morgen und zwei Wochen ist möglich."
„Emma hat Sehnsucht nach dir. Hat gestern ein bisschen geweint, ich habe sie dann getröstet und ihr eine Gute-Nacht-Geschichte erzählt."
„Danke."
„Ja, schon gut, dafür bin ich ja hier."
„Hast du dich um die Wäsche der Kinder gekümmert?"

Eine Stunde später stand ich wieder vor der Lehrerin.
„Bringen Sie sie übermorgen auch her?"
„Ich denke schon, ja. Meine Schwester dürfte dann noch nicht zurück sein."
Ihre Augen strahlten.
„Ich freu mich drauf!"
Sie schloss die Tür. Fasziniert ging ich mit den Kleinen heim. Ich hätte nie gedacht, dass Kinder zu etwas gut sein konnten.
„Sagt mal, wie heißt eure Lehrerin denn?"
„Frau Tassino, aber sie sagt, wir sollen sie Tas nennen."
Violet grinste.
„Du magst sie?"
„Hmm."
„Mehr als du uns magst?"
Emma sah mich traurig an. Ich lachte, packte die beiden und hob sie etwas hoch.
„Ach was, ich mag doch niemanden mehr als euch!"
Die beiden kicherten und lachten und mir ging es gut. Frauen wollen einfach immer angelogen werden, dachte ich.
Nach dem Abendessen brachte ich die Kleinen ins Bett und erzählte ihnen eine Geschichte. Martin war unterwegs. Mit Lena. Zumindest hatte er das gesagt. Nachdem es im Haus still war, setzte ich mich wieder an den Rechner. Noch vier Seiten bis morgen. Das war leicht zu schaffen. Besonders, weil die Geschichte schon feststand. Ich schrieb das Ende von Tommys Liebesgeschichte, feilte auf jeder Seite noch ein bisschen am Text und hatte am Schluss meine 32 Seiten.
Morgen würde ich mich mit Sam treffen und wir würden auf meinen ersten erfolgreichen Porno anstoßen.

Ich druckte die Seiten aus und ging aufgeregt schlafen. Mir gefiel diese Geschichte besser als die erste, doch ich wusste nicht, ob sie nach Bob Tails Geschmack war.

—— • ——

Ich hatte so gut geschlafen wie vor meinem ersten Date mit einem Mädchen. Gar nicht. Mir war schlecht und ich war übermüdet, als ich das Essen für die Kinder machte. Nachdem die Kinder weg waren, döste ich noch zwei Stunden vor mich hin, dann machte ich mich auf den Weg zu Basement Dreams. Im Bus fragte ich mich wieder, ob ich mit meiner Freizeitkleidung aussah wie der Standard-Porno-Schreiber. Vielleicht streuten bestimmte Berufsgruppen absichtlich Gerüchte über ihren Beruf, damit man sie selbst nie in diesen Gruppen vermutete. Vielleicht war der ältere Herr mit grauem Hut und dazu passenden Hosenträgern, der im Bus zwei Reihen vor mir saß, der Seniorchef von Beate Uhse? Und vielleicht war der Mittvierziger im Anzug und mit schwarzem Koffer in der vorletzten Reihe der größte Drogendealer der Stadt? Und vielleicht steckte hinter der unscheinbaren Fassade der jungen Frau mit Kinderwagen ein Profikiller?

Im Gebäude von Basement Dreams wurde ich darüber aufgeklärt, dass Bob Tail nicht vor elf Uhr zur Arbeit kam. Also verbrachte ich eine halbe Stunde vor dem Gebäude und wartete auf den Chef.

Bob kam, las sich meine Geschichte durch und zündete die erste Zigarre des Tages an.

„Besser, viel besser als die erste. Sehr interessant. Und wäre ich nicht, wer ich bin, würde ich sie vielleicht sogar

drucken lassen. Aber ich suche Niederes. Animalischen Sex. Ich gebe Ihnen zwei Tage. Schreiben und bringen Sie."
Ich ließ den Kopf hängen, entschied mich und sah Bob an.
„Bob, ich habe es versucht und wir haben gesehen, dass es nicht funktioniert. Deswegen danke ich Ihnen für Ihre Geduld und wünsche Ihnen noch viel Erfolg mit den Pornos. Ich werde keine mehr schreiben."
Bob nahm die Zigarre aus dem Mund und atmete durch die Nase aus.
„Gut, William, dann bekomme ich von Ihnen den Vorschuss zurück."
Vorschuss? Was für ein Vorschuss?
„Was für ein Vorschuss?"
„Den Vorschuss, den ich unserem gemeinsamen Freund Samuel übergeben hatte. Er wollte ihn sofort überbringen. Hat er das nicht getan?"
Dieses Arschloch! Deswegen war er so versessen darauf, dass ich unbedingt die Pornos schreibe!
„Nein, das muss er irgendwie verschwitzt haben."
„Nun, solange dieses Geld nicht wieder bei mir ist, sind Sie verpflichtet zu schreiben. Und ich rate Ihnen, beeilen Sie sich. Heute wäre Abgabetag für den ersten Porno, doch in meiner Güte gebe ich Ihnen noch zwei Tage."
„Gut. Können Sie mir auch sagen, wie hoch der Vorschuss war?"
„Natürlich. Ein Monatslohn. 2000 Euro. Anders gesagt: Vier mal 32 Seiten. Voller Sex."
Ich schluckte schwer, verabschiedete mich und ging direkt zu Sam. Als ich vor seiner Wohnung stand, war ich zumindest äußerlich wieder ruhig. Sam öffnete in Boxershorts die Tür, wahrscheinlich kam er direkt aus dem Bett.

„Goofy! So früh schon hier? Komm rein!“
Ich kam rein.
„Warssu schon bei Bob?“
Ich nickte.
„Und?“
Ich schüttelte den Kopf.
„Ach Scheiße.“
Ich nickte.
„Und dann habe ich ihm gesagt, dass ich kündige.“
Sam sah mich an.
„Und er meinte, er möchte dann den Vorschuss zurück.“
Sam sah zu Boden.
„Hast du nicht vergessen, mir was zu sagen? Oder besser: zu geben?“
„Hey Will, ich dacht ich leg das Geld gleich an, dann hassu später viel mehr davon!“
„Und du wolltest mir nichts davon sagen.“
„Hättessu mir das Geld dann überlassen?“
„Nein.“
„Siehst du?“
„Und wie hast du das Geld angelegt?“
Er ging zu einem Haufen Kartons und öffnete sie. Stolz zeigte er mir den Inhalt. Sie waren voller Sammelkarten. Ich nahm eine Packung heraus und versuchte, den Titel zu entziffern.
„Arena Masters?“
„Ich sag's dir! Der neueste Hype aus Japan! Bald werden mir die Kinder die Karten aus den Händen reißen! Die Karten sind dann locker viermal so viel wert!“
„Du hast 2000 Euro in Spielkarten gesteckt?“
„Ja! Und weil ich dich so lieb habe, bekommst du die Hälfte des Gewinns!“

„Und wann ist das? Erleben wir beide das noch?"
„So, in drei oder vier Monaten müsstest du das Geld haben."
„Sam! Ich muss Bob so schnellstmöglich das Geld zurückgeben, das du ihm abgeluchst hast!"
„Warum?"
„Weil ich nicht mehr schreiben will!"
„Warum denn nicht, sieh es doch als Herausforderung!"
Eine halbe Stunde später hatte er mich soweit. Ich versuchte mich weiter an den Pornos und bekam von Sam 4000 Euro. Sobald er sie hatte. Ich musste mich beeilen, die Kinder brauchten ein Mittagessen.

Martin, Violet und Emma bemerkten meinen Unmut und ließen mich während des Essens in Ruhe. Schweigend saßen wir am Esstisch und mich kotzte es an, dass sich meine schlechte Laune auf die Kids meiner Schwester niederschlug. Doch hätte ich den Mund aufgemacht, wäre es nur noch schlimmer gekommen.
Als ich später in meinem Zimmer saß und schrieb, es zumindest versuchte, kam Martin herein.
„Was ist denn los?"
Er setzte sich aufs Bett. Ich drehte mich auf meinem Stuhl und erzählte ihm von meiner abgelehnten Geschichte und meiner ‚Kündigung' und Sam, der meinen Vorschuss in kleine bunte Pappkarten gesteckt hatte.
„Was schreibst du noch mal?"
„Ja, so Liebesgeschichten für ältere Menschen. Warum?"
Ich hatte mich wieder zum Schreibtisch gedreht und das leere Display und den blinkenden Cursor angestarrt. Ich hörte ein Blättern hinter mir.

„Na ja, das hier liest sich aber nicht wie eine Liebesgeschichte für ältere Menschen."
Scheiße! Ich drehte mich um und flog vom Stuhl auf den Boden neben dem Bett. Tin grinste. Ich rieb mir die Seite und wurde rot.
„Das hier liest sich eher wie eine Liebesgeschichte für Männer im mittleren Alter."
Ich erzählte ihm von meinen Pornos. Und irgendwie verstand er mich. Vielleicht nahm ich junge Menschen zu spät ernst. Jetzt redete ich mit ihm wie mit einem Gleichaltrigen. Und es funktionierte. Ich erzählte ihm von meinen nun schon zwei abgelehnten Pornos und meinem Problem, dass ich innerhalb von zwei Tagen einen neuen schreiben musste. Martin zuckte mit den Schultern.
„Sorry, ich habe da noch keine Erfahrung, ich kann dir nicht helfen."
„Es geht ja nicht direkt um Erfahrung, sondern um Phantasie."
Martin schüttelte nur den Kopf.
„Mein Onkel schreibt Pornos, wie krass ist das denn? Wenn Mama das erfährt, oh oh."
„Nix, wenn Mama. Sara darf das nicht erfahren. Sara hat mich schon so auf dem Kieker, das müssen wir nicht ausreizen."
„Das war ein Scherz, ich hab's ja verstanden."
Emma riss die Tür auf.
„Onkel Will, Violet und ich wollen zum Spielplatz. Kommst du mit?"
Ich dachte an meinen Porno und an laute Kinder auf einem Spielplatz. Dann sah ich Martins warnenden Blick und dachte an meine Schwester, bei der ich noch einiges an Sympathiepunkten sammeln musste.

Auch Martin kam mit. Wir packten Essen für ein Abendpicknick ein und machten uns auf den Weg. Am Galgenäcker gab es nicht nur einen Spielplatz, sondern ein ganzes Areal an Bolz- und Spielplätzen. Die beiden Kleinen rannten schon mal hin, Martin und ich spazierten hinterher. Als ob wir stillschweigend ausgemacht hätten, im Freien nicht über meinen derzeitigen Job zu sprechen, redeten wir über Martin und Lena und Tabea. Mit Lena, die er fast jeden Tag sah, sprach er kaum. Doch mit Tabea telefonierte er oft. Meistens redete er mit ihr über Lena.
„Weißt du, eigentlich reden wir nur über Lena und mich. Doch manchmal kommen wir vom Thema ab. Und Tabea erzählt von sich. Weißt du, wenn ich an diesem Abend nicht gezwungen gewesen wäre, mit ihr zu reden, dann hätte ich gesagt, dieses Mädchen interessiert mich nicht. Aber so, ich habe sie gleich von einer interessanten Seite kennen gelernt.“

Als wir dem Spielplatz näher kamen, sah ich jemanden trotz der sommerlichen Temperaturen in einem schwarzen Mantel auf der Bank sitzen. Martin sah ihn auch.
„Schau mal, ein Gothik. Komische Menschen.“
Er sah verdattert aus, als ich auf Alex zuging und ihm die Hand schüttelte. Ich stellte die beiden einander vor. Alex sah nur kurz auf.
„Hallo Martin, Kippe?“
Martin und ich schüttelten gleichzeitig den Kopf und Alex steckte die Packung wieder ein.
„Lasst euch nieder.“
Das taten wir.

„Was war der Inhalt eurer Konversation?“
Irgendetwas schien der junge Tod auszustrahlen, denn Martin fing von sich aus an zu erzählen. Er erzählte ihm dasselbe wie mir ein paar Minuten zuvor.
„Und jetzt ...“
„Ist deine Zuneigung für letzteres Mädel ähnlich intensiv wie zu ersterem.“
Martin sah Alex etwas verwirrt an, dann verstand er.
„Ja, so ist es.“
Alex zündete sich eine Zigarette an. Emma und Violet spielten vor uns auf dem Spielplatz.
„Als ich mich in den Jahren befand, die du jetzt erfährst, existierte dort, wo ich meine jungen Jahre verlebte, ein Amüsierlokal mit dem Namen ‚Nina und Nino‘. Jedes Wochenende verweilte ich dort. Du kennst solche Etablissements sicherlich. Tanzfläche, Musik und zahlreiche Damen. Ich bewegte mich meist allein auf dem Parkett. Weil niemand mich kannte, musste ich auch niemandes Blicke oder Gedanken fürchten. Und plötzlich tanzte ich neben diesem Fräulein, dann bei diesem Fräulein, dann mit diesem Fräulein. Augenblicklich drückte sie mich gegen die Wand und presste ihre Lippen auf die meinen. Entsinne ich mich Recht, war dies mein erster Zungenkuss. Wir verbrachten den Rest des Abends zweisam. Wir äußerten kein Wort. Zuletzt erkundigte sie sich, ob es mir gefallen hätte, und ich bestätigte dies. Sie sah mich an, aber ich stand da und schwieg. Da wandte sie sich ab und spazierte davon. Ich scholt mich noch Wochen später, dass wir, abgesehen von einem Quantum Speichelflüssigkeit, nichts ausgetauscht hatten. Seitdem, wenn ich einer Dame begegne und sie mich fesselt, im übertragenem Sinn, erinnere ich mich

an jenes Fräulein, dessen Namen ich nie erfahren habe und ich blicke das weibliche Geschöpf vor mir an und erkundige mich nach ihrem Namen."
Alex zog an seiner Zigarette. Martin und ich blickten uns schweigend an.
„Onkel Will! Wann machen wir unser Picknick?"
Ich stand auf und Martin folgte mir.
„Alex, wir wollen noch ein Abendpicknick machen. Möchtest du mitessen?"
Alex sah langsam hoch und schüttelte den Kopf. Dann zündete er sich eine neue Zigarette an. Wir waren für ihn schon nicht mehr da.
„Dieser Alex ist ein komischer Typ. Und wie der redet."
Ich nickte.
„Warum hat er uns diese Geschichte erzählt? Hat das irgendwas mit meinen Problemen zu tun?"
„Keine Ahnung. Schon seltsam."
Wir fanden eine schöne Stelle im Gras und breiteten unsere Decke aus. Das Essen war einfach, aber schmeckte gut. Alles in allem war es wie ein kleiner Familienurlaub. Und ich bemerkte, dass ich an Familie dachte, ohne dass es mich schauderte.

Um vier Uhr lag ich wach im Bett. Ich starrte mit offenen Augen in die Dunkelheit und hatte eine Idee. Martin sagte, er habe zu wenig Erfahrung dafür. Vielleicht hatte er gar nicht so Unrecht. Ich knipste das Licht an und setzte mich an den Laptop. Der Cursor auf der leeren Seite blinkte drohend. Aber diesmal wusste ich, was ich schreiben wollte.

Diesmal, bei meinem dritten Porno, wollte ich auf keine schwammige Phantasie zurückgreifen, sondern auf meine eigene bunt gemischte Erfahrung. Ich würde mein Erlebnis mit Maja „aufarbeiten". Bis um sechs hatte ich 13 Seiten. Ich ging, um die Kinder zu wecken und das Frühstück zu machen. Kurz darauf saß ich wieder am Rechner und schrieb weiter. Ich musste die Geschichte morgen abgeben. Je länger ich schrieb, desto mehr Zweifel schlichen sich in meine Motivation. War es wirklich so eine gute Idee? Im Grunde war es gar nicht wichtig, ob es gut war. Hauptsache, ich konnte dem kleinen Drachen etwas in seinen Schlund schieben. Also schrieb ich, bis die Kinder von der Schule kamen. Während diese dann wieder ihre Hausaufgaben machten, feilte ich weiter an der Geschichte. Irgendwann nachmittags klopfte es.

„Ja?"

„Ballett?"

Och je, heute ist Mittwoch, ich musste die beiden Mädchen zum Ballett bringen, Wie hieß die Lehrerin? Tas! Fast so wie das Monster aus den Looney Toons. Also klappte ich meinen Rechner zu und brachte die beiden wieder zur Ballettschule. Tas öffnete die Tür.

„Hallo Tas."

Sie hatte ein Lächeln, das mich an das von Maja erinnerte.

„Hallo Will."

Woher kannte sie meinen Namen?

„Woher kennst du meinen Namen?"

Ich hatte sie ganz unbewusst geduzt, es war keine Absicht gewesen. Doch sie reagierte und duzte genauso.

„Emma hat ihn mir gesagt, als sie mir letzte Woche von dir erzählt hat."

„Emma ist ein redseliges Kind."
„Ja, das ist sie."
Schweigen.
„Will, was machst du heute Abend?"
Oha? Sollte das ein Date werden? Und die Frau machte den ersten Schritt? Ich wollte schon zusagen, da fiel mir der Porno ein.
„Ich... bin schon verplant. Aber was ist mit morgen Abend?"
„Gerne. Sollen wir uns hier treffen?"
Später, als ich die Kinder wieder abholte, zwinkerte sie mir zu. Dieses Zwinkern und jegliche Schreibblockade oder gar die Zweifel waren überwunden. Manchmal saß ich minutenlang da und dachte nach. Und jedes Mal, wenn ich das tat, schweifte ich irgendwann ab und dachte an Tas. Und dann wieder an Maja. Und dadurch wieder an meine Geschichte. Ein schöner Kreislauf.
Bis um zwei Uhr in der Früh hieb ich in die Tasten. Jetzt war ich 22 Stunden wach und todmüde. Morgen, also heute, ging es um sechs wieder raus. Während die Seiten aus dem Drucker stotterten, machte ich mich bettfertig. Ich legte die ausgedruckten Seiten auf den geschlossenen Laptop und ging mit gemischten Gefühlen schlafen. Einerseits wusste ich nicht, wie Bob auf die Geschichte reagieren würde. Andererseits war es mir auch egal. Hauptsache, er sah, dass ich etwas geschrieben hatte. Doch was würde passieren, wenn es ihm wieder nicht gefallen würde? Dann sollte er sich ‚Götz von ‚Berlichingen'. Ich drehte mich um, dachte an die Ballettlehrerin und schlief ein.

Am nächsten Morgen verschlief ich. Als ich meine verklebten Augen öffnete, war es zehn Uhr. Erschrocken sprang ich aus dem Bett. Nur in Boxershorts rannte ich in die Küche. Dort lag ein Zettel, der mit kindlicher Schrift beschrieben war. In einer Ecke waren Kulikreise, die man macht, damit der Kugelschreiber wieder schreibt.

GUTEN MORGEN ONKEL WILL
MARTIN SAGT WIA SOLEN DICH
SCHLAFEN LASEN. KÜMERST DU
DICH UM DAS HAOS?
WIA WOLEN HEUTE PITSAESEN
BIS SPÄTER
EMMA + Violet

Unterschrieben war der Zettel mit Emma und Violet. Ich schmunzelte und rieb mir den Schlaf aus den Augen. Dann zog ich mich an und „kümerte mich um das haos“. Ich ging davon aus, dass die Kinder Haus meinten, aber angesichts dessen Verfassung hätte es auch Chaos sein können. Ich warf einen Blick auf die Liste, die Sara mir geschrieben hatte. Viele der Punkte hatte ich instinktiv gemacht, aber an Blumen gießen hatte ich nicht gedacht.

Schon als kleiner Junge hatte ich gemerkt, dass Blumen nichts für mich waren, regelmäßig vertrockneten diese. Dann hatte

ich nur noch Kakteen bei mir im Zimmer. An denen stach ich mich aber immer, also schaffte ich auch sie ab. In der Wohnung, in der ich mit Penny wohnte, wuchsen Palmen. Penny liebte Palmen und sie brauchten nicht viel Wasser.
Bei meinem Einzug in Lindas Wohnung waren dort recht viele Blumen, doch im Laufe der Zeit reduzierte sich die Zahl stetig. Meine Lieblingsblume zu der Zeit war die Geisterorchidee am Wohnzimmerfenster. Es heißt, sie wären schwer zum Blühen zu bringen, doch bei Linda klappte es immer. Der Rest der Pflanzen kam jedoch immer zu kurz. Hier bei Sara genauso.

Ich füllte zwei Kaffeekannen mit Wasser und suchte das Haus nach Blumen ab. Ich saugte, putzte die Küche und das Wohnzimmer und wusch die Wäsche. Dann fand ich in einem Kochbuch ein Pizzarezept, dem ich mich auch gleich widmete. Ich war erstaunt: So schwer war es gar nicht, eine Pizza zu machen. Teig kneten. Warten. Teig ausrollen. Warten. Teig belegen. Warten.

Da Linda unter der Woche mittags nie zu Hause war, aß ich entweder Maultaschen, Suppe oder Nudeln. Nichts Aufwändiges. Oder ich ließ mir etwas liefern. Am Wochenende gingen wir oft aus zum Essen. Linda bezahlte. Natürlich.

Selbst Martin staunte, als er die unförmigen Pizzastücke auf den Tellern liegen sah. Und noch mal erstaunter war er, als er von ihr gekostet hatte.
„Die schmeckt, Will."
Auch Violet und Emma aßen mit Freude. Ich sah ihnen stolz zu, dann sprach ich mit Martin.
„Ich muss noch mal in die Stadt, meine Geschichte abgeben."

„Du hast wieder eine fertig?"
„Ja, mal sehen, was er dazu sagt. Und später treffe ich mich mit Tas."
Die beiden Kleinen hörten auf zu essen und starrten mich an.
„Wer ist Tas?"
„Unsere Ballettlehrerin."
Martin grinste.
„Aha?"
„Ja, aha. Könntest du auf die beiden Kleinen aufpassen?"
„Darf Tabea mir dabei helfen?"
Jetzt war ich es, der grinste.
„Aha?"
„Darf sie?"
„Ja, natürlich. Lass sie nur nicht zu spät nach Hause."
Ich rollte meinen Porno zusammen und verließ das Haus. Bob Tail war nicht da, als ich bei Basement Dreams ankam. Deshalb klemmte ich mein Manuskript samt einer Notiz zwischen die Tür. Ich hatte diesmal nicht das Gefühl im Bauch wie vor meinem ersten Date. Jetzt war es eher ein Gefühl von Gleichgültigkeit. Meine Gedanken kreisten um die schöne Frau, die ich heute Abend treffen würde.
Zurück zu Hause sah ich kurz nach den Kindern und begrüßte Tabea, die bei Martin im Zimmer saß. Martin versuchte es zwar zu verbergen, aber innerlich sprang er vor Freude im Dreieck, dass dieses Mädchen bei ihm war. Dann verschwand ich im Bad und machte mich frisch. Ich brauchte nicht lange im Bad, nur duschen, rasieren, Deo unter die Achseln, noch mal aufs Klo und dann die Hände waschen.
Seit ich „Verrückt nach Mary" gesehen hatte, dachte ich

vor jedem meiner Treffen mit Frauen dran. War da etwas Wahres dran? An der These, dass man sich vor dem Date noch einmal selbst befriedigen sollte? Ich wusste es nicht. Ich wusste nicht, ob es gut war. Ich wusste auch nicht, ob es schlecht war. Ich wusste aber, dass es schlecht war, wenn man lange Zeit nicht befriedigt wurde.

In der kurzen Zeit zwischen dem Kennenlernen und dem Zusammenkommen von mir und Penny fuhren wir in der Adventszeit spontan nach Straßburg, weil der Adventsmarkt anscheinend so schön sein sollte. Wir hatten nur unsere Zugtickets für die Hin- und Rückfahrt und etwas Geld, damit fuhren wir los. Davor lagen wir im Bett, wir hatten eine schöne Nacht zusammen verbracht. Wir hatten das erste Mal miteinander geschlafen. Penny war leidenschaftlich, wild. Ich hatte zu dem Zeitpunkt schon die Erfahrung gemacht, dass fast jede Frau im Bett wilder wird, aber Penny brach meine Rekorde. Und schon in der ersten Nacht stellten wir Sachen an, von denen ich davor nicht einmal geträumt hatte. Es war dunkel und ich spürte ihre langen schwarzen Haare auf meinem Körper, ihre Finger, wie kleine Spinnen auf der Suche, tasteten mich ab. Ich merkte es gar nicht, plötzlich hatte ich kein Shirt mehr an. Langsam zogen wir einander aus. Sie küsste meine Stirn und meine Nase, meinen Mund und meinen Hals. Sie wanderte meinen Bauch entlang und küsste eine feuchte Spur nach unten. Synchron dazu zog sie mir meine Boxershorts aus. Ich spürte, wie ihre Brüste über meinen Penis glitten.

In dieser Nacht verausgabte mich Penny sehr. Und am Morgen, die Vögel zwitscherten, ich war noch halb am Schlafen, spürte ich Pennys Hand zwischen meinen Beinen. Mein Blut eilte hinterher. Plötzlich zog sie sich zurück und sprang aus dem Bett.

„William, unser Zug fährt, wir müssen uns beeilen!“
Auch im Zug konnte Penny ihre Hände nicht unter Kontrolle halten und so hatte ich während der Zugfahrt eine Achterbahnfahrt des Auf- und Abschwellens in meiner Hose. Na ja, mein Penis dachte dann, gleich käme er zum Schuss und produzierte eifrig Samen, doch es kam keine Befriedigung und dann gab's Stau und die Hoden fingen an zu schmerzen. Das nennt man dann blaue Eier oder Kavaliersschmerzen. Was für ein Ausdruck für solch eine Qual!

Ich lachte über meine eigenen Gedankengänge, trocknete meine Hände ab und machte mich auf den Weg zur Ballettschule.
Erst erkannte ich Tas nicht, ich hatte sie bis jetzt immer nur im Ballettbody gesehen. Jetzt stand sie vor mir, in Rock und sommerlichem Top. So etwas nenne ich einen „Wow“-Moment.
Ein „Wow“-Moment ist ein Moment, in dem deine eigene persönliche Welt den Atem anhält und alles um dich herum sagt und fühlt und denkt zusammen mit dir: „Wow!“
„Tas.“
„Will.“
Ich wusste nicht, wie ich mich verhalten sollte und so gab ich ihr unbeholfen die Hand. Sie lächelte und ich zerschmolz. Sie ging los und ich blieb an ihrer Seite.
„Wohin gehen wir?“
Sie zuckte mit den Schultern.
„Wo willst du hin?“
Ich dachte an die hochgereckte grüne Hand des Staatstheaters.
„Hast du ‚Hair' gesehen?“

Wir fielen mit unseren Klamotten etwas auf, aber das störte uns nicht. Wir hatten uns an der Abendkasse die billigsten Karten gekauft und uns ganz nach hinten gesetzt. Doch kurz nach dem Beginn waren in der dritten Reihe noch zwei Plätze frei gewesen und so schlichen wir uns nach vorne, während die Schauspieler schon „Aquarius" sangen.
In der Pause besorgte ich uns zwei Gläser Sekt und brachte mich zurück zu Tas. Wir unterhielten uns über all die Sachen, von denen man sagt, dass sie oberflächlich seien, die aber nun mal am besten zum Reden sind. Nach der Pause lag meine Hand auf der Armlehne und plötzlich spürte ich Tas' Finger nah an meinen und ich wurde durchströmt von einem Gefühl der Aufgeregtheit, das ich schon seit Jahren nicht mehr gehabt hatte. Dieses Gefühl, das man in der Jugend so oft hat, wenn man sich verliebt und langsam annähert. Das Gefühl, das Martin wahrscheinlich auch gerade hatte. Kurz dachte ich an die Kinder, doch ganz schnell waren all meine Sinne und Gedanken an meiner Hand, die Tas' so nah war. An diesem Abend hielten wir noch keine Händchen. Auch sonst passierte nichts, außer ... ach, ich erzähle es der Reihe nach. Nach vielen Standing Ovations verließen wir lachend das Theater. Tas führte mich in eine kleine Tanzbar namens Dilayla. Hier suchten wir uns eine Ecke und unterhielten uns über Gott und seine Hunde.
Plötzlich bedeutete mir Tas, ruhig zu sein. Sie schloss die Augen und lauschte selig der Musik. „You can leave your hat on" von Joe Cocker.
„Mein Lieblingslied!"
Sie sprang auf und tanzte. Kim Basinger in 9½ Wochen.

Ihre Hände fuhren über ihren Körper, der sich darunter lasziv bewegte. Mir wurde es warm und ich lachte mich frei. Nachdem der Song zu Ende war, setzte sie sich lachend zu mir.
„Hat's dir gefallen?"
Ich nickte und erinnerte mich an Alex' Worte, doch ich wusste nicht, was ich sagen sollte. Sie sah mich an und wartete auf etwas, doch ich traute mich nicht, irgendwas zu tun und so starrte ich sie weiter an. Dann wandte sie sich ab und brach den Zauber.
„Magst du was essen?"

Es war zwei Uhr nachts, als wir vor ihrer Haustür standen.
„Am Montag kommst du mit den Kleinen wieder vorbei?"
„Ja."
„Melde dich vorher, das würde mich freuen."
Sie holte aus ihrer Tasche Kaugummi, bot mir einen an, nahm ihren in den Mund und schrieb ihre Telefonnummer auf das Umschlagpapier.
„Danke für den schönen Abend."
„Gerne wieder."
Sie zwinkerte mir zu.
„Gute Nacht, Will"
„Gute Nacht, Tas."
Ich streckte ihr meine Hand hin. Sie sah sie an, dann küsste sie ihren Zeigefinger und drückte ihn auf meine Wange. Ohne eine Reaktion abzuwarten, schloss sich die Haustür vor meiner Nase.
Bevor ich ins Bett ging, strich ich mit meinen Fingern über die Stelle an der Wange, an der mich ihr Finger berührt hatte. Auf meinem Bett fand ich einen Zettel, den Martin geschrieben hatte.

„Sam hat angerufen, du sollst dich morgen melden."
Ja, das würde ich tun, aber zuvor würde ich von Tas träumen.

Das Klingeln des Telefons riss mich aus dem Schlaf.
„Wayfarer?"
„Hey Will, hier ist Sara."
„Guten Morgen, Schwester."
„Kommst du gerade aus dem Bett?"
„Keine Angst, ich hab den Kindern das Frühstück gemacht. Ich habe mich danach nur noch mal ins Bett gelegt, weil ich so müde war."
„Was hast du denn gestern gemacht?"
Ich konnte ihr nicht sagen, dass ich mit einer Frau unterwegs gewesen war. Und schon gar nicht, dass diese Frau die Ballettlehrerin von Emma und Violet war. Also gab ich der Wahrheit ein neues Gewand.
„Ich bin in letzter Zeit oft bis Nachts wach und arbeite. Ich habe einen Job bekommen."
„Und was ist das für eine Arbeit?"
„Ich schreibe Groschenromane."
„Oh, eine ehrenvolle Arbeit."
Ich schwieg betroffen. Und Sara merkte es.
„Entschuldigung, ich wollte dich nicht verletzen. Gut, dass du eine Arbeit gefunden hast. Bekommst du trotzdem alles andere geregelt?"
„Ja, bis jetzt klappt alles wunderbar."
„Gut, ich wollte nur hören, wie es den Kindern... wie es euch geht. Ich weiß immer noch nicht, wann ich zurückkomme."
„Ja, uns geht's gut. Hier ist alles super."

Nachdem Sara aufgelegt hatte, rief ich Sam an.
„Wer stört so früh am Morgen und die noch größere Frage ist: Bringt er Kummer und Sorgen?"
„Wo hast du den Spruch denn her?"
„Habich in irgendnem Film gesehen. Hallo Goofy."
„Hey Sam. Wie geht's dir?"
„Lea macht mir etwas Sorgen."
„Warum?"
„Ich hab mit ihr Schluss gemacht, sie ist zusammengebrochen und hat mir gedroht, sich umzubringen. Ich muss aufpassen."
Das waren Worte, die man nicht oft von Sam hörte.
„Aha. Martin hat mir geschrieben, dass ich mich bei dir melden soll."
„Oh ja! Bob Tail hat bei mir ganz aufgeregt angerufen. Er ist begeistert von deiner Geschichte, sie wird schon lektoriert und geht morgen, nein das ist ja schon heute, also heute in den Druck. Du hast wie gehabt bis Dienstag Zeit, Nummer zwei abzuliefern."
Ich war stolz auf mich. Dieser Porno war bisher das längste, was von mir gedruckt worden war. Doch der Zwang, direkt einen neuen schreiben zu müssen, dämpfte die Euphorie. Was sollte ich denn in meinem nächsten Porno verarbeiten?
Emma und Violet spielten draußen, als ich bei Martin klopfte.
„Ich wollte dich noch fragen, wie es gestern war."
„Es war cool. Wir haben Emma und Violet zu Bett gebracht und Tabea hat ihnen noch eine Geschichte vorgelesen. Sie war ganz begeistert von den Kleinen. Dann saßen wir in meinem Zimmer und haben uns über Kinder und Eltern und Familie unterhalten. Sie hat mich

gefragt, wie es ist, ohne Vater aufzuwachsen. Und ich konnte ihr nicht richtig antworten. Denn ich wusste ja nicht, wie es ist, mit Vater aufzuwachsen. Sie meinte, sie stelle es sich voll schlimm vor ohne Vater. Und ich antwortete, für mich ist es normal, ich kenne ja nichts anderes."

Bei Sara und mir war es damals etwas anders gewesen. Wir hatten am Anfang noch einen Vater und dann plötzlich mussten wir ohne ihn klarkommen. Ich ließ ihn wieder allein und widmete mich meinem nächsten Porno. Aber nach einer Stunde und einem virtuellen vollen Mülleimer voller schlechten Ideen gesellte ich mich nach draußen zu den Kleinen. Sie hatten mit ihren Spielsachen einen Parcours aufgebaut und fuhren jetzt mit Fahrrädern und Rollern und Dreirädern hindurch. Emma nahm eine Schikane zu schmal, rammte den Baggerarm und stürzte samt Rad ins Gras. Erst lachte ich, dann rannte ich zu ihr.

„Alles okay, Emma?"

Sie japste nach Luft.

„Nur zu stürmisch Fahrrad gefahren."

Ich packte sie und hob sie hoch. Sie zappelte wie ein Fisch und packte mich am Hals.

„Hilfe!"

Lachend kam Violet ihr zu Hilfe und zog an meiner Hose, die ohne Gürtel schnell tiefer hing. Breitbeinig stand ich da, die eine auf dem Arm, die andere an meiner Hüfte sah ich Martin am Fenster stehen und grinsen. Ich lachte zurück und bedeutete ihm, herunterzukommen. Doch er bedeckte sich mit einer Hand die Augen und schüttelte dann den Kopf.

Nach dem Abendessen brachte ich die Kleinen ins Bett. Meine Geschichte, die ich ihnen in dieser Nacht vorlas, handelte von der Entstehung des Schnees.

—— • ——

Sam hatte mehrere Flaschen Sekt kaltgestellt. Und die tranken wir jetzt zu zweit. Ich erzählte ihm von meiner neuen Sorge, dass ich keine Inspiration für eine neue Geschichte hatte. Sam sprang auf.
„Komm, wir gehen."
„Wohin?"
„Inspiration suchen."
„Wo?"
„Irgendwo, im Bett oder im Zwölfzehn oder in der Schräglage. Wir werden schon was finden. Wir feiern deinen ersten gedruckten Porno und schauen, dass wir Material für den nächsten finden."
Eigentlich eine bescheuerte Idee, so im Nachhinein. Als ob es nicht viel einfacher gewesen wäre, gemeinsam meine Vergangenheit nach der nächsten passenden Episode zu durchforsten. Aber Alkohol macht aus vielen bescheuerten Ideen gute.
Wir fuhren in die Innenstadt. Ich war schon lange nicht mehr in einem Club gewesen. Früher, bevor ich mit Linda zusammenkam und auch im ersten Jahr mit ihr, war ich oft mit Sam dort, wenn er alle acht Wochen nach einer neuen Frau Ausschau hielt. Mit der Zeit beschränkte sich seine Auswahl an Clubs jedoch immer weiter. Einmal hatte er sich an die Besitzerin eines Ladens rangeschmissen und sie nach acht Wochen wieder fallen lassen. Seitdem hatte er dort Hausverbot, ebenso wie in ein paar weiteren

der Stadt. Doch die Stadt ist groß und so gingen wir in einen der Läden, die Sam noch betreten durfte.
Eigentlich hatte sich nicht viel geändert. Ich war älter geworden, dadurch wirkten die anderen Besucher jünger. Mich kannte keiner. Sobald ich das realisiert hatte, konnte ich mich frei auf der Tanzfläche bewegen und fühlte mich gut. Sam und ich hatten unseren Platz an der Bar. Dort trafen wir uns immer wieder, redeten über die Frauen und tranken.
Ich war alleine auf der Tanzfläche und tanzte mit mir, als sich ein Mädchen dazugesellte. Ich musste an Alex denken. Im Club war es recht dunkel, doch das, was ich von ihrem Körper sah, war atemberaubend. Sie kam mir nahe und küsste meine Wange. Wir tanzten miteinander, sie blickte mich an und ich wusste, ich hatte diesen Blick nicht oft in meinem Leben gesehen, aber ich wusste ganz genau, was er bedeutete. Sie nahm meine Hand und führte mich von der Tanzfläche weg in Richtung der Klos. Wir kamen von der schummrigen Tanzfläche in das grelle Licht der nackten Halogenlampen. Ihre Lippen suchten meine, ihre Hände wanderten über meinen Körper. Ich löste mich einen Moment und sah nun im hellen Licht das Gesicht einer 17jährigen. Höchstens. Mir fiel das Make-up in ihrem Gesicht auf, das ihr wahrscheinlich geholfen hatte, in den Club zu kommen. Sie drängte sich mir entgegen und ich hielt sie ab.
„Wie alt bist du?“
Verstört sah sie mich an.
„Ist das wichtig?“
„Ja, das ist wichtig, wie alt bist du?“
„21.“

Sie sah auf den Boden, doch sie war zu neugierig und wollte sehen, wie ich reagierte. Meine Gedanken schossen quer. Einerseits wollte ich sie zusammenscheißen, ob sie sich im Klaren war, was sie da tat. Ob sie wusste, dass sie sich so nicht zu wundern brauchte, wenn sie an jemanden geriet, der sie nicht so behandelte, wie sie wollte. Und gleichzeitig wusste ich, ich war nicht ihr Erziehungsberechtigter. Also drehte ich mich weg und ging zurück.

„Bin ich dir zu jung? Du bist sowieso zu alt für mich. Alter Sack."

Alter Sack? Ist es mit Männern nicht wie mit Wein? Je älter, desto besser?

Sam saß nicht am Platz. Ich erspähte ihn in einer der lauschigen Sitzecken mit einem blonden Mädchen, das etwas eingeschüchtert in seinen Armen saß. Ich stieß mit mir selbst auf meinen Porno an, leerte das Glas in einem Zug und wollte gerade aufstehen, als sich Sam neben mich setzte.

„Na, erfolgreich?"

Er schüttelte den Kopf.

„Was ist passiert?"

Er schwieg und ich schielte zur Sitzecke, in der das Mädel nun alleine saß.

„Sie ist noch Jungfrau."

„Das ist doch gut. Also ich meine, für dich."

„Sie ist für keinen Sex vor der Ehe. Und sie ist nicht von ihrem Standpunkt abzubringen."

Damit konnte Sam nichts anfangen. Ich gerade auch nicht. Er sprang wieder auf.

„Die krieg ich schon noch rum."

„Mach keinen Scheiß."

Er war schon wieder in Richtung der Ecke verschwunden. Eine Frau kam lachend vom Klo und setzte sich zu mir an die Bar. Das Gesicht war voller Sonnensprossen und wenn das Licht mich nicht täuschte, hatte sie feuerrote Haare. Irgendwas musste sie wirklich belustigt haben, denn sie lachte so sehr und so süß, dass ich nicht anders konnte als mitzulachen. Ihr liefen vor Lachen Tränen aus den Augen und ich gab ihr ein Taschentuch, das sie dankend annahm. Sie beruhigte sich wieder und kam zu Atem.
„Was ist denn so lustiges passiert?"
„Eigentlich nichts so lustiges, aber je mehr ich darüber nachdenke, desto mehr muss ich lachen."
„Was ist denn passiert?"
„Waren Sie hier schon mal auf dem Klo?"
Ich nickte, obwohl ich nicht genau wusste, ob das so war. Mache ich oft.
„Hier ist jede Toilette riesig groß. Es stehen sogar Sessel im Bad. Und ich meine zu einer Frau am Waschbecken neben mir, dass man hier ja aufpassen muss, dass man sich selbst nicht das Klo herunterspült. Meine Waschbeckennachbarin schaut mich nur kurz an und lächelt höflich. Ich denke schon, oh, die versteht meinen Humor nicht, ich bin lieber still. Dann plötzlich meint sie: ‚Optimisten können es sogar positiv sehen, wenn man sich selbst aus Versehen das Klo runterspült. Man kommt dort hin, wo man noch nie war, sammelt neue Erfahrungen. Und irgendwo kommt man schon wieder raus. Vielleicht wächst ja gerade dort, wo man seinen Kopf wieder aus dem Gulli steckt, eine wunderschöne Blume.'"
Wir lachten gemeinsam. Sie hob ihr Glas und ich stieß an. Auf die Unbekannte im Klo. Die Frau neben mir hieß

Alexa. Alexa war etwas jünger als ich, Lehrerin.
„Und was machst du?“
„Ich schreibe.“
„Ah, und was schreibst du?“
Pornos.
„Kindergeschichten.“
Und dann kam der Künstler-sein-ist-brotlos-und-wie-machst-du-das-Teil. Egal ob Sänger, Songwriter, Maler, Schriftsteller, Bildhauer oder Minnesänger, jeder von ihnen hatte die Gespräche geführt, ob man nicht zur Sicherheit etwas „Richtiges“ erlernen will, falls es nicht klappt. Und so weiter. Aber hat man einmal einen sicheren Beruf, ist man so geprägt, dass für Kunst genauso wenig Offenheit vorhanden ist wie Sportlichkeit beim Golfen.
Alexa war solo. Seit langem. Und sie war bisexuell.
„Das kann ich verstehen, die Frauen sind nun mal hübscher als wir Männer.“
Sie schüttelte den Kopf.
„Das ist Ansichtssache. Frag doch mal einen Schwulen. Bei denen geht das Kopfkino an, wenn bei dir das Shirt zu hoch wandert. Überhaupt nicht anders als dein Kopfkino bei Frauen.“
„Und du hast schon mal eine Freundin gehabt?“
„Meine ersten sexuellen Erfahrungen hatte ich mit einem anderen Mädchen. Eine Freundin von mir übernachtete bei mir. Willst du das überhaupt alles hören oder langweilige ich dich?“
Ich schüttelte den Kopf, ich hörte interessiert zu. Und gleichzeitig überlegte ich mir, wie viele Männer Erfahrungen von Lesben erregend finden.
„Erzähl weiter, ich habe noch nie mit einer homosexuellen Frau geredet.“

„Na ja, da gibt's nicht mehr viel zu erzählen. Wir lagen in unseren Betten, eigentlich lag ich in meinem Bett und sie auf einer Matratze und das Licht war aus und wir unterhielten uns lange über alles Mögliche. Natürlich auch über Jungs. Na ja, dann kam eines nach dem anderen. Wir kamen auf sexuelle Erfahrungen, die wir beide noch kaum hatten. Und auf die Angst vor Jungs. Also nicht vor Jungs, sondern davor, dass ein Junge uns verwöhnen sollte. Angst, dass Jungs viel zu groß sein würden. Jungs können ja nicht automatisch wissen, was sie mit uns tun sollten. Und dann die Angst, die größte Angst von allen, wie sollte ein Schwanz in meine Muschi reinpassen? Würde das nicht unendlich wehtun?"
Ich war erstaunt. Das einzige, was ich bis jetzt immer über die Größe des Penis gelesen und gehört hatte, war die Angst der Männer, dass der jeweilige zu klein war. Und dann natürlich die Sprüche der Magazine, dass es nicht auf die Größe ankam.
Mir fielen alle Fußballspiele ein, die gemeinsamen Duschaktionen danach und das heimliche Vergleichen. Und nun, 15 Jahre später, sagt mir eine rothaarige sommersprossige Schönheit, dass sie in ihrer Jugend Angst vor zu großen Schwänzen hatte! Vielleicht sollten Männlein und Weiblein sich einfach öfter unterhalten, dann gäbe es viel weniger Missverständnisse.
„Wir kamen dann drauf, das Mädchen doch besser von Mädchen erregt werden können, weil sie doch genau wissen, was einem Mädchen gefällt. Und plötzlich lag sie neben mir und küsste mich."
Sie hing ihren Gedanken nach und ich ließ sie in ihrer Erinnerung schwelgen, während ich meine Phantasie um ihre Worte baute.

„Irgendwann später habe ich dann auch mit einem Jungen geschlafen, und beides hatte seine Reize. Obwohl Mädchen sich doch als die interessanteren Partner entpuppten."
Sie lachte wieder.
„Aber was treibe ich hier eigentlich? Erzähle Geheimnisse genau der Person, der man sie nicht erzählen sollte."
„Warum solltest du mir das nicht erzählen?"
Sie beugte sich zu mir herüber.
„Na ja, ich kann doch nicht erzählen, dass Mädchen im Bett besser sind und gleichzeitig mit dir schlafen wollen."
Es sah so aus, als würde ich in dieser Nacht doch noch zu Material für einen neuen Porno kommen. Ich lehnte mich noch etwas näher zu ihr.
„Willst du das?"
Sie küsste mich auf die Wange und stand auf. Langsam ging sie Richtung Ausgang. Kurz davor blieb sie stehen und bedeutete mir, ihr zu folgen. Hastig trank ich erst mein Glas und dann ihr Glas leer, legte das Geld für die Drinks auf die Bar, warf noch einen letzten Blick durch den Club, doch Sam saß immer noch bei dem Mädchen in der Ecke. Schweigend nahmen wir unsere Mäntel und verließen den Klub. Schweigend liefen wir bis zu ihrem Auto. Ein Leichenwagen.
„Du fährst einen Leichenwagen?"
„Hinten viel Platz, was will man mehr?"
Sie öffnete die Türen und eine Matratze kam zum Vorschein.
Jetzt wird's unglaubwürdig?
Stimmt. Meine Fantasie hat einen Spaziergang gemacht. Ich saß also mit Alexa an der Bar. Und sie sagte, Mädchen seien besser im Bett, ich sagte „Aha" und

dann schwiegen wir. Ich überlegte, ob ich ihr die Wahrheit sagen sollte. Und dann tat ich es.
„Alexa, ich war vorher nicht ganz ehrlich zu dir. Ich hab dir erzählt, dass ich Schriftsteller bin."
„Und das bist du nicht?"
„Doch, aber ich schreibe keine Kindergeschichten."
„Sondern."
„Pornos."
Sie sah mich mit offenem Mund an, dann lachte sie.
„Der war gut."
Noch schlimmer als Witze erklären zu müssen, ist aufzuklären, wenn etwas kein Witz war.
„Nein nein, ich meine das ernst. Ich schreibe Pornos. Und dafür suche ich immer neue Inspiration. Willst du nicht mit mir ein neues Abenteuer erleben, dass ich aufschreiben kann?"
Keine Ahnung, was mich geritten hat. Vielleicht der Alkohol und die Euphorie, dass Bob Tail mein Porno gefallen hat, jetzt fiel der Vogel aber in ein Luftloch und legte eine Bruchlandung hin. In Form einer Ohrfeige. Es war, als ob der halbe Club zu uns rüber sah. Dann folgte eine zweite Ohrfeige. Jetzt kam es mir vor, als ob der ganze Club seine Augen auf uns gerichtet hatte, selbst die Musik setzte in meinen Ohren einen Moment aus. Dann leerte Alexa ihr Glas und verließ den Club.
Ich arbeitete mich zu Sam vor, der immer noch in der Ecke hockte und sich mit dem blonden Mädchen unterhielt.
„Hey Sam, können wir den Club wechseln?"
„Warum?"
„Na ja, sagen wir mal, ich hab's hier richtig versaut."
„Aber ..."
Er zeigte auf das Mädel neben ihm. Ich sah ihn flehend an.

Er seufzte, drehte sich zu ihr, redete mit ihr und stand auf. „Fein, lasst uns gehen."
Sie folgte ihm.
„Du kommst mit?"
Sie streckte mir die Hand hin.
„Hi, ich bin Valerie. Ja, natürlich komme ich mit. Ich möchte doch sehen, ob du heute noch Material für deine nächste Geschichte bekommst."
Ich starrte sie an.
„Ich heiße Will."
„Ich weiß, Samuel hat mir von dir erzählt."
Samuel? Niemand nannte Sam Samuel.
„Schön. Von dir habe ich leider noch nichts gehört."
Wir verließen den Club und liefen durch die Straßen der Stadt. Valerie hatte einen kleinen Vorsprung, so konnten Sam und ich uns unterhalten.
„Sie weiß von den Pornos?"
„Ich hab's ihr erzählt."
„Ich hab's auch einer erzählt, aber die hat mir dann zwei Ohrfeigen verpasst."
Sam lachte.
„Und warum sagt sie Samuel?"
„Ihr gefällt Samuel viel besser als Sam. Deswegen sagt sie Samuel."
„Was ist nun mit Lea? Ich dachte, du wolltest aufpassen?"
Sam zuckte die Schultern.
„Wenn ich eine neue Freundin habe, muss sie sich eingestehen, dass ich sie nicht mehr liebe und wird sich dann schon damit abfinden."
Das war der Sam, den ich kannte. Wir kamen zu einem Club, vor dem eine Schlange um Einlass züngelte.

„Der wäre cool, aber da kommen wir ja nie rein."
Valerie drehte sich zu uns um.
„Ich kenne den Besitzer, ich bring uns schon rein!"
Dann lief sie vor, um mit den Türstehern zu reden. Kurz darauf winkte sie uns zu.
„Und dieses Mädchen möchte keinen Sex vor der Ehe?"
Wir drückten uns in den Eingang, den ein Schrank von Türsteher uns aufhielt.
Dieser Club war größer, voller, lauter und auch faszinierender. Die Menschen waren noch ein Stück mehr in Feierlaune. Valerie kannte sich hier wohl wirklich aus, sie begrüßte viele Leute, stellte uns den Barkeepern vor, dann setzte sie sich mit Sam in einen Lovechair auf der Galerie und beobachtete die Menschen auf der Tanzfläche. Ich schmiss mich ins Gewühl. Ich hatte immer noch ein bisschen Staub vom Absturz durch Alexa in der Nase. Doch der Laden explodierte vor Aufwinden. Viele Mädchen und Frauen waren um mich herum und alles lächelte. Bald sprach ich mit einem Mädel, dessen kurze Haare mich an Emma und meine Schwester erinnerten. Ich dachte kurz an die Kinder, die schon ewig im Bett sein mussten, und ich dachte daran, dass ich um sechs wieder aufstehen musste und ich beschloss, die Nacht durchzumachen. Hannah hieß die Frau mit den kurzen Haaren. Ihre Augen stachen unter dem dunklen Pony hervor. Sie erinnerten mich an etwas, aber mir wollte nicht einfallen, an was. Wir unterhielten uns nicht viel. Wir tanzten einfach zusammen und setzten uns dann an die Bar. Der Barmann, den Valerie uns vorgestellt hatte, nickte uns zu.
Hannah vertrug nicht viel. Nach ein paar Cocktails lachte sie ungehalten und nun fing sie an zu fragen und

zu reden. Sie erzählte von ihrem Job und ihrer Familie. Und dann von ihrem Mann. Einem Mann, der fremdgegangen war. Mit einer zehn Jahre Jüngeren. Und als sie ihm die Szene gemacht hatte, hatte er gemeint, er würde sich nicht so aufregen, wenn sie ein paar Seitensprünge hätte. Seitdem war sie auf einem Rachefeldzug. Und ich sollte ein Teil davon werden.
Das war eine interessante Geschichte für einen Porno. Und hässlich war sie nun wirklich nicht. Weder die Story noch Hannah. Sie erzählte mir, dass sie die Männer immer ins Gästezimmer führte, während ihr Mann im Schlafzimmer lag. Doch dieser traute sich nicht, irgendetwas zu sagen, da sonst seine Rechtfertigung für den Seitensprung nicht mehr gegeben wäre. Sieben Tage wollte sie das machen. Ich war Tag Sechs. Wie war es, mit der Frau eines Mannes zu schlafen, der ein Zimmer weiter lag?
Wir verließen den Club und machten uns auf den Weg. Es war ein kleines Apartment in der Innenstadt. Nichts Besonderes, aber allein der Lage wegen sicher nicht billig. Sie schloss die Tür auf und ließ mich herein. Dann führte sie mich in das kleine Gästezimmer, klappte das Schrankbett heraus und legte sich darauf. Irgendwo zwischen der Bar und dem Zimmer musste sie zwei weitere Knöpfe ihrer Bluse aufgemacht haben. Ich kam zu ihr, lehnte mich auf meinen Händen über sie und küsste sie auf ihren Hals.

Hälse haben mich schon immer fasziniert. In der zweiten Klasse begann meine erste große Schwärmerei. Raja hieß das Mädchen. Eine Russin. Raj heißt auf Deutsch Paradies. Ich war fasziniert von ihr. Nur hatte ich sie danach nie wieder ge-

sehen. Meinen ersten Liebesbrief und die unzähligen Versuche davor habe ich für sie geschrieben. Und wenn mich jemand fragte, was ich an dem Mädchen so toll fand, dann sagte ich immer, ihren Hals.

Hannah lag also unter mir und ich küsste ihren Hals. Mit einer Hand stützte ich mich ab, mit der anderen öffnete ich die Knöpfe, während ich mich nach unten küsste. An ihrem BH vorbei, immer tiefer. Hannah wuchs ein Streifen fast unsichtbaren Flaums den Bauch hoch. Wow! Während ich nach unten rutschte, zog sie mir mein T-Shirt aus. Dann kniete ich am Bett und vor ihr und öffnete ihre Hose. Sie war die erste Frau, die ich auszog, seit ich ausgezogen war. Und die mich auszog. Nach fünf Jahren war es was anderes. Schon das erregte mich. Nur noch in Unterwäsche setzte sie sich auf und öffnete meine Hose. Langsam zog sie sie mir aus und mich auf das Bett. Ich spürte ihre Hand in meiner Boxershorts und riss ihr den BH vom Körper. Ihre Brüste waren etwas kleiner als die von Linda, aber dafür fester. Ich war gespannt auf die Regionen unter der Gürtellinie. Doch so weit kam ich nicht mehr, denn plötzlich flog die Tür auf und ein Mann stand da. Er schrie. Einen Moment lang erinnerte mich diese Szene an mein erstes Mal. Wie Sara in der Tür stand. Doch dann ging der Mann auf mich los. Hannah schrie, ich schrie auch und sprang gleichzeitig aus dem Bett. Der Mann war wütend, aber er konnte sich nicht entscheiden, auf wen er wütender sein sollte. Schnaubend wechselte er zwischen mir und Hannah die Blicke. Ich drückte mich an ihm vorbei und rannte aus dem Zimmer, blieb stehen, drehte um, rannte zurück,

packte mein Hemd und meine Hose und rannte wieder hinaus. Dabei erwischte mich seine Faust am Ohr. Ich schrie auf und fiel auf die Knie.
„Ich mach dich ..."
„Jürgen, nicht!"
Hannah stellte sich zwischen mich und Jürgen. Ich musste mir unbedingt die Namen merken.
„Er kann nichts dafür. Er war nur Mittel zum Zweck."
Jürgen schnaubte. Hannah ging langsam rückwärts Richtung Bett. Jürgen folgte ihr.
„Du Biest."
Hannah lachte gehässig.
„Das sagt der Richtige."
Jürgen stieß sie aufs Bett und fiel dann über sie her. Ich musste raus hier. Ich packte mein Zeug und zog mich im Flur an, während die Geräusche aus dem Gästezimmer immer lauter wurden. Ich zog die Tür zu und verließ das Haus. Eines war sicher: Material für meine neue Geschichte hatte ich. Auch wenn ich noch ein bisschen am Ende drehen musste. Ich lief zurück zum Club. Dort stand ich dann vor der Tür, denn der Riese wollte mich nicht mehr reinlassen.
„Aber ich bin vorher mit Valerie gekommen!"
Er zeigte keinerlei Reaktion. Handy hatte ich keines, Chancen, noch mal in den Club zu kommen auch nicht, also machte ich mich auf den Heimweg.

Martin öffnete mir die Tür, bevor ich meinen Schlüssel benutzen konnte.
„Es ist vier Uhr morgens, wieso bist du noch wach?"
„Morgen ist Samstag, wieso sollte ich nicht mehr wach sein? Ich kann doch ausschlafen."

Daran hatte ich nicht mehr gedacht. Also hätte es nichts gebracht, wenn ich die Nacht durchgemacht hätte.
„Und was tust du? Telefonieren?“
„Das habe ich vorher getan. Jetzt habe ich mir gerade die Geschichte von Tommy durchgelesen, bis ich dich durch das Fenster gesehen habe. Eigentlich eine super Idee. Man müsste sie vielleicht ein bisschen weiter ausbauen.“
Ja vielleicht, aber jetzt muss ich mich erstmal wieder an einen neuen Porno machen. Am Dienstag muss ich meine neue Geschichte abgeben.“
„Hast du eine Idee?“
Ein Nicken von mir.
„Schreibst du jetzt noch?“
„Nein, ich werde mich jetzt schlafen legen und morgen schreiben, denn morgen kann ich nicht ausschlafen und dann ist der ganze Tag kaputt.“

Am nächsten Morgen wurde ich, wie erwartet, von den Kindern geweckt. Ich lag mit geschlossenen Augen, aber aufwachendem Verstand im Bett. Vielleicht sollte ich es mal mit Ohropax versuchen.
In meinem Kopf machte ich einen Tagesplan. Ich warf die Decke zurück, stand auf und alles kam anders.
Martin war draußen bei den Tieren und versorgte sie. Emma und Violet waren draußen bei den Tieren und ärgerten sie. Ich stand in der Hintertür und sah ihnen zu.
„Onkel Will, mach die Tür zu!“
„Ja, Emma, dir auch einen guten Morgen! Warum soll ich die Tür ...“

Aber dann war's schon zu spät. Zwischen meinen Beinen flitzten zwei Hühner ins Haus.
Im Hinterhof hatte Sara mit Hilfe von Martin einen Stall aufgebaut, in dem sieben Hühner wohnten. Der ganze Hinterhof war umzäunt, so konnten die Hühner dort frei herumlaufen. Doch niemand durfte dann die Tür zum Haus öffnen. Das hatte ich nicht gewusst.
„Oh, oh."
Martin, Violet und Emma rannten an mir vorbei. Im Inneren des Hauses hörten wir, wie die Hühner Chaos verursachten. Wir brauchten nicht lange, um sie wieder zu fangen. Aber die Tiere hatten ganze Arbeit geleistet. Wir standen im Wohnzimmer, Martin und Violet hatten die Hühner auf dem Arm und wir betrachteten das Chaos. Überall waren die Spuren ihrer Zehen, wie kleine umgedrehte Pfeile, die ihren Weg markierten. Die Hühner hatten es über das Sofa auf die Regale geschafft und sie zum größten Teil abgeräumt. Vor umgekippten Vasen und Blumentöpfen bildeten sich kleine Wasserflächen. Und die meisten anderen Räume sahen nicht besser aus. Emma sprach es als erste aus:
„Mama darf das nicht mitbekommen."
Ich versuchte, uns zu beruhigen.
„Mama wird wahrscheinlich erst in drei Tagen kommen, das heißt, wir haben ein bisschen Zeit."
Als die Kinder die Tiere wieder nach draußen brachten, klingelte das Telefon. Erst einmal, dann nochmal. Anscheinend hörten die Kinder es draußen nicht.
„Das Telefon klingelt! Geht einer von euch ran?"
Anscheinend hörten sie auch mich nicht. Ich sprang aus der Küche und fand das Telefon in Martins Zimmer.
„Wayfarer, hallo?"

„Hallo Will, hier ist Sara."
„Hey Sara."
„Alles in Ordnung?"
„Ja, ich mache gerade das Essen für die Kinder."
„Gut. Wo sind sie denn?"
„Draußen. Kümmern sich um die Tiere."
„Schön. Du, Will. Möchtest du den Kindern eine Freudenbotschaft übermitteln?"
„Gerne."
„Ich bin heute Abend wieder zu Hause."
Freudenbotschaft?
„Oh, das ist ja schön! Ich werde es ihnen gleich sagen."
„Wie geht's ihnen denn?"
„Gut! Mir auch. Und dir?"
„Ja, ich bin froh nach Hause zu kommen. Ich denke, um elf bin ich da. Bis dann!"
Ich legte langsam auf und wollte raus, den Kindern Bescheid sagen. Kurz bevor ich draußen war, piepste etwas höllenlaut. Was war das? Ich folgte dem Geräusch und bald auch dem Geruch. Der Rauchmelder war auf mein verbranntes Fleisch aufmerksam geworden. Ich hantierte in der Küche und der Melder tönte immer noch, als die Kinder reinkamen. Martin nahm den Rauchmelder von der Wand und die Batterie heraus. Damit herrschte Ruhe.
„Was ist denn los?"
„Ich hab das Fleisch anbrennen lassen. Eure Mutter hat angerufen."
„Was hat sie gesagt?"
„Sie kommt schon heute heim."
Wir schwiegen und Emma sprach es wieder als erste aus: „Scheiße."

„Ja."
„Wir müssen aufräumen, bevor sie kommt."
„Ja."
„Auf geht's."
Wir aßen und räumten auf. Es war ja nicht so, dass die Unordnung der Hühner das Einzige war, was zu säubern war. Das Geschirr stand herum. Wäsche musste gewaschen werden. Pflanzen wollten Wasser.
Mehrere Stunden waren wir am Saugen, Abwaschen, Aufräumen, Einräumen und Trocknen. Martin hatte Musik aufgelegt und beschallte das ganze Haus. Und irgendwie, so mit den motivierten Kindern und der Musik, machte es sogar Spaß, das Haus zu putzen. Wenn Linda das gesehen hätte.
Wir saßen schweigend beim Abendessen. Ich hatte heute nichts gemacht. Nicht geschrieben, nicht meine Wäsche gewaschen. Nur das Haus aufgeräumt. So viel zum Plan.
Ich rief Sam an und erzählte ihm meine Geschichte, was mir passiert war und warum ich nicht mehr in den Club gekommen war und dass ich den ganzen Tag aufgeräumt hatte, weil Sara kam.
„Und bei dir? Hast du Valerie noch flachgelegt?"
„Nein."
„Wie?"
„Wir haben noch ewig geredet und irgendwann habe ich sie heimgebracht. Ich respektiere ihre Entscheidung."
„Aha. Hast du heute Abend Zeit?"
„Nein, ich treffe mich mit Valerie. Ich melde mich morgen."
Er legte auf. Ich sah das Telefon an. Was waren das für Worte von Sam? Was war mit der Acht-Wochen-Regel

passiert? Ich hatte fest damit gerechnet gehabt, am Abend zu Sam zu gehen. Ich entschied mich, stattdessen die neue Geschichte anzufangen. Grob tippte ich den Plot runter. Was mir gestern mit Hannah passiert war, nur mit anderem Ende. In meiner Version sollte der Protagonist mit Hannah schlafen. Jürgen auch. Also, mit Hannah.
Was wäre das für ein Porno, gäbe es keinen Sex für den Hauptdarsteller?

Bei der ganzen Schönrederei vom Sex als schönstes Gefühl wird immer eine Sache verschwiegen. Die Sauerei, die man macht. Die ersten paar Male fiel es mir nicht richtig auf. Da benutzte ich ja auch Kondome. Doch bei meiner ersten Freundin wurde es dann offensichtlich. Anfangs war ich etwas verwirrt. Da war ich nun 18, hatte auch schon mit mehreren Mädchen geschlafen und auch viel über Sex gelesen, gesehen und diskutiert. Und plötzlich ist nach dem Sex immer eine Sauerei von Sperma im Bett. Davon hatte ich noch nie gehört. Und so zweifelte ich, ob das normal sei oder nicht. Eines Nachts saßen wir dann bei Sam. Wir wohnten zu dem Zeitpunkt beide noch bei den Müttern. Hinter Sams Haus verlief eine Mauer, an der auch das Clubhaus unseres Disney-Clubs stand. Gestanden hatte. Auf dieser Mauer saßen wir mit einem Sixpack Bier, als ich mich endlich traute, Sam zu fragen. Sam hörte mir erst zu und ich dachte, gleich fängt er an zu lachen. Doch er meinte, das kenne er auch. Er wüsste zwar nicht, ob das ganz normal sei, aber bei ihm sei das auch so. Damit waren wir schon mal zu zweit. Erleichtert fragte ich ihn, ob es nicht besser wäre, dann doch lieber Kondome zu benutzen. Sam schüttelte den Kopf.
„Dann is der Sex nur halb so gut."

Meine Tür öffnete sich und der Kurzhaarschopf meiner kleinsten Nichte lugte hervor.
„Onkel Will, Violet und ich gehen ins Bett. Erzählst du uns noch eine Geschichte?"
Ich raffte mich auf, packte Emma unter den Armen und flog mit ihr die Treppe hoch bis in ihr Zimmer, in dem Violet schon wartete. Meine Geschichte an diesem Abend handelte von einem Teddybären, der aus Versehen in den Müll geworfen wird, obwohl er noch ganz neu ist. Auf dem Müll lernt der Teddy eine Gemeinschaft von alten Spielzeugen kennen, die auch weggeworfen wurden und nun dort zusammen leben. Jeden Abend verbringen sie gemeinsam und erzählen sich Geschichten, die sie in ihren Familien erlebt hatten. Bald merken sie, dass der neue Teddy sehr arm dran ist, weil er selbst noch nichts erlebt hat. Und so begeben sie sich auf eine Odyssee, um den Teddy zurückzubringen nach Hause, damit auch er irgendwann zurückkehrt zur Müllhalde und etwas zu erzählen hat. Emma drückte während der Geschichte ihren Teddy ganz fest an sich.
Dann löschte ich das Licht und klopfte bei Martin. Dieser saß auf seinem Stuhl in der Mitte des Raumes, die Gitarre auf seinem Schoß.
„Was ist los?"
„Nichts, ich denke nach."
„Tabea?"
„Auch."
„Lena?"
„Ich weiß nicht, wer von den beiden mir lieber ist. Tabea drängt mich dazu, Lena zu sagen, was ich für sie empfinde, doch gleichzeitig möchte ich Tabea sagen, wie sehr ich sie mag, doch ich traue mich nicht."

Martin merkte bald, dass ich ihm nicht wirklich helfen konnte. Ich verabschiedete mich und während ich die Treppe runter ging, hörte ich aus Martins Zimmer das Intro von ‚Tears in Heaven'.

Ich musste raus aus meinem Zimmer. So zog ich mit meinem Rechner in die Essecke, kochte mir einen Tee und machte das Radio an. Ich saß vor dem Laptop, die Tasse mit beiden Händen umschlossen.
Im Radio lief ‚You can leave your hat on' und ich musste an Tas denken. Es war seltsam. Wenn ich diese Frau traf, dann fühlte es sich ähnlich an, wie an Maja zu denken. Jedes Mal, wenn ich in diese Augen sah, wünschte ich mir, ich könnte es immer tun. Ich wollte in diese Augen sehen, kurz bevor ich meine eigenen schloss, um zu schlafen, und ebenso, wenn ich meine eigenen beim Aufwachen wieder öffnete. Ich wünschte mir, diese Augen zu sehen, wenn ich nach Hause kam. Ich wünschte mir, diese Augen hinter den Lidern zu wissen, wenn diese Frau neben mir lag und schlief. Doch ich konnte diesen Wunsch nicht genießen. Wenn, dann wollte ich mich voll auf die Erfüllung des Wunsches konzentrieren. Doch im Moment verdiente ich meinen Lebensunterhalt damit, sexuelle Erfahrungen mit verschiedenen Frauen niederzuschreiben. Das konnte ich nicht mit Tas vereinen.
Und so kämpfte ich gegen den Wunsch an, mich bei ihr zu melden, und schrieb meine Geschichte weiter. Bis ich die Lichter von Saras Ford durch die Scheiben des Esszimmers sah.
Ich klappte das Notebook zu und öffnete meiner Schwester die Tür.

Sie stellte ihre Koffer ab und lehnte sich erschöpft gegen die Wand.
„Hallo Will."
„Hey Sara. Wie geht's dir?"
„Ich bin erledigt. Wo sind die Kinder, wie geht's ihnen? Sind sie schon im Bett?"
„Ja, alles ist in Ordnung. Komm, ich mache dir einen Tee."
Sie war wirklich viel zu erschöpft, um noch irgendwas zu machen. Sie setzte sich in ihr eigenes Esszimmer wie ein Gast und ließ sich von mir den Tee bringen.
„Bist du gerade am Computerspielen?"
„Nein, ich habe gearbeitet. Ich hab dir doch erzählt, dass ich wieder einen Job habe."
Sie nippte an ihrem Tee.
„Entschuldige, das war mir entfallen."
Dann kam Martin. Sara bemerkte ihn, drehte ihren Stuhl ein bisschen und streckte sitzend die Arme aus.
„Tin! Komm her!"
Martin drückte seine Mutter, holte sich eine Tasse und setzte sich zu uns. Sara erzählte von ihrer Reportage. Ich hing meinen Gedanken nach.

Unsere Mutter war Schneiderin gewesen. Mein Vater Soldat. Wie kam es, dass wir beide schreiben? Ich erinnere mich nur düster an einen Freund meiner Mutter, als wir beide noch recht jung waren. Er schrieb für eine Zeitung. Eigentlich erinnere ich mich mehr an die Sirenen der Polizei, die seinetwegen des öfteren bei uns war. Es kam mehr als einmal vor, dass unsere Mutter versuchte, sich von ihm zu trennen, und er ausrastete und dann entweder wir Kinder oder die Nachbarn die Polizei gerufen hatten. Dies war einer der letzten Lebensgefährten meiner Mutter. Lange Zeit blieb sie solo. Erst im hohen Alter, als Sara und ich schon ausgezogen waren, lernte sie einen Witwer kennen und verbrachte ihre letzten Jahre mit ihm.

„Und wie war's hier?“
„Super.“
Martin erzählte von meinen Kochkünsten und wie gut ich mich um die Kinder gekümmert hatte. Er verschwieg Tabea und Tas und die Hühner im Haus und meine Pornos. Wir saßen vielleicht noch eine Stunde da, dann stand Sara auf und verkündete, ins Bett zu gehen. Martin und ich halfen ihr noch mit den Koffern, dann saßen wir zu zweit wieder unten. Er sah zu dem iBook, das vor sich hinschlief.
„Kommst du voran?“
„Es geht. Ich weiß halt nicht, ob ihm die Geschichte gefallen wird.“
„Magst du sie mir erzählen?“
Ich schüttelte lachend den Kopf.
„Du weißt schon genug.“

Am nächsten Morgen hörte ich die Kinder zwar, aber nur sehr gedämpft. Ich zog mir eine Hose und ein Shirt an und ging auf die Suche nach den Kids und meiner Schwester.
Ich fand sie alle im Garten beim Frühstücken. Die Tiere waren wieder frei, doch diesmal quetschte ich mich durch einen kleinen Spalt in der Tür.
„Die Kinder haben dich schon gewarnt? Dass die Hühner gern ins Haus gehen und Unordnung machen?“
Ich nickte nur.

„Guten Morgen, Onkel Will! Hast du Hunger? Mama hat voll leckere Sandwichs gemacht."
Ich setzte mich neben Martin, der mir ein Sandwich herüber schob. Violet und Emma hüpften im Garten herum und spielten mit dem Wasserschlauch und den Tieren, tollten herum und kamen manchmal zurück, um ein bisschen was zu essen. Martin schloss sich seinen kleinen Schwestern an; ich half Sara beim Abräumen.
„Will, hast du heute irgendwas vor?"
Ich dachte an mein Schreiben, schüttelte aber den Kopf.
„Könntest du dich noch um die Kinder kümmern? Ich sollte noch für die Reportage arbeiten."
Ich sollte zwar auch noch ein bisschen schreiben, das konnte ich ihr aber so nicht sagen. Und wahrscheinlich würde es auch eines der letzten Male sein, dass ich auf die Kinder aufpassen müsste.
„Ja, natürlich, ich kümmere mich um sie."
„Wenn du möchtest, nimm dir mein Fahrrad und fahr mit ihnen an den Baggersee."
Die Kinder waren begeistert. Wir packten alles Nötige in Rucksäcke, die Martin und ich trugen. Kurz vor der Abfahrt verschwand Martin noch mal im Haus. Vier Straßen weiter stand ein Mädchen mit einem Rucksack und einem Fahrrad. Erst kam sie mir nur bekannt vor, dann erkannte ich Tabea. Martin beschleunigte und unterhielt sich mit ihr, bis wir auf gleicher Höhe waren.
„Kann Tabea mitkommen?"
„Klar."
Bald fuhren die beiden nebeneinander vor uns her. Violet und Emma fuhren regelrechte Kreise um mich herum.
„Onkel Will, wer ist Tabea?"

„Mann, Emma, die war doch vor kurzem da und hat mit Martin auf uns aufgepasst."
„Stimmt. Ist sie Tins Freundin?"
„Vielleicht."
„Komm Emma, wir machen ein Wettrennen! Wer als erstes bei Tin und Tabea ist."
Die beiden strampelten los und es sah so aus, als ob die Kleine mit den kurzen Haaren sogar eine Chance hätte, doch plötzlich drehte sich ihr Vorderrad und Emma stürzte vorn über auf den Weg. Durch meinen Aufschrei drehten Tabea und Martin ab und kamen zurück. Wir erreichten Emma etwa gleichzeitig. Sie lag keuchend auf dem Weg. An Armen und Beinen hatte sie kleine Schrammen, die nicht weiter schlimm aussahen.
„Was ist passiert?"
Sie japste und schüttelte nur den Kopf. Ich hielt sie aufrecht und wartete, bis sie sich einigermaßen erholt hatte.
„Da war ein Loch in der Straße. Das hab ich nicht gesehen. Mein Vorderrad ist drin gesteckt."
Tatsächlich war unter Emmas Rad eine Vertiefung in dem Weg. Das Rad musste sich unglücklich verkantet haben. Martin packte das Fahrrad seiner kleinen Schwester und überprüfte es.
„Scheint alles zu funktionieren."
Martin wollte der Kleinen beim Aufstehen helfen, aber Emma zitterte ein wenig und war kaum zu motivieren. Sie hatte wahrscheinlich wenig gegessen und war jetzt wegen des Schocks ein bisschen schwach auf den Beinen. Ansonsten schien sie nur kleinere Schrammen zu haben.
„Ich würde sagen, wir machen eine kleine Pause."
Ich durchsuchte meinen Rucksack, fand aber nur Wasser und gesunde Sachen.

„Martin, kannst du kurz losfahren zu einem Supermarkt und irgendwas mit Zucker holen? Cola oder so was? So Müsliriegel? Und vielleicht Pflaster?"
Er sprang aufs Rad und war davon. Tabea half mir, Emma zum nächsten Baum in den Schatten zu bringen. Wir lehnten sie gegen den Stamm. Ich nahm ihr den Helm ab und fuhr ihr durch die kurzen Haare.
„Alles ok?"
„Ich bin nur zu schnell gefahren."
Emma sah Violet an.
„Aber ich habe gewonnen!"
Tabea und ich lachten. Ich packte die Decke aus dem Rucksack und breitete sie vor Emma aus. Sara hatte Obst eingepackt, das ich jetzt verteilte.
„Tabea, hast du auch Geschwister?"
Sie hatte grade in einen Pfirsich gebissen, als sie antworten wollte. Ihr lief der Saft aus den Mundwinkeln, ich reichte ihr ein Tempo und wartete bis sie geschluckt hatte.
„Ich habe vier Geschwister."
„Vier? Ihr seid also fünf Kinder?"
Tabea nickte.
„Und du bist die Älteste?"
„Nein, die Jüngste. Meine älteste Schwester ist jetzt 28. Ich bin schon Tante."
Emma und Violet löcherten Tabea mit Fragen. Bis Martin wieder kam, wussten wir, dass sie als einzige noch bei ihren Eltern lebte, dass sie über dem evangelischen Kindergarten wohnte, denn ihr Vater war dort der Hausmeister, und dass sie selbst auch Kindergärtnerin werden wollte. Martin setzte sich zu uns auf die Decke und packte Cola, Pflaster und ein ganzes Paket Dextro Energy aus.

„Du hast ein ganzes Paket Traubenzucker gekauft?"
Er schüttelte den Kopf.
„Vor dem Supermarkt war ein Stand von denen und eine Frau hat die kostenlos verteilt. Ich bin dann zu ihr hin und hab von Emma erzählt und dann hat sie mir das ganze Paket gegeben und ich solle Grüße sagen."
„Das ist ja super. An Traubenzucker habe ich gar nicht gedacht."
Wir versorgten Emma mit dem Zuckerzeug und machten noch ein wenig Pause, dann setzten wir uns wieder auf die Räder. Zum Baggersee war es nicht mehr weit.

Wir fanden einen schönen Platz im Schatten. Ich widmete mich gedanklich meinen Pornos und meiner eigenen sexuellen Geschichte. Im Grunde, ach, was heißt im Grunde: Sex ist meiner Meinung nach das schönste Gefühl der Welt. Auch wenn er oft in den Dreck gezogen oder gar nicht drüber gesprochen wird. Eltern vieler Kinder warnen diese davor. Und dennoch schätzt es so ziemlich jeder. Der Amerikaner Mark Oliver Everett, der Frontmann der Eels, singt in ‚Hey Man' von Sachen, die man seiner Meinung nach erlebt haben muss, damit man ‚wirklich lebt'. Eine Textzeile aus diesem Lied lautet:
‚Have you ever made love to a beautiful girl,
made you feel like it's not such a bad world?
Hey man now you're really living.'
Der Mann hat Recht. Wie oft lag ich nachts in meinem Bett, manchmal direkt nach dem Sex und mit einem schlafenden Mädchen neben mir, manchmal Tage später mit der Erinnerung im Kopf. In solchen Momenten war ich einfach glücklich. Dieser Sex ist wie ein bestimmtes Buch oder ein Lied oder ein Film. Oder ein

Bild oder ein Satz. Ein Gedicht. Eigentlich wie alles und gleichzeitig mit nichts zu vergleichen. Für jeden Menschen anders. Aber jeder Mensch kennt es. Man hat den Sex oder hört den Song oder sieht den Film und hat das Gefühl, in dem Moment völlig glücklich zu sein. In dem Moment macht man sich keine Sorgen, auch dann nicht, wenn man welche hat. Und das ist gut so. Obwohl das eigentlich ist, wie durch eine leere Klopapierrolle auf ein lachendes Kind zu blicken und voller Ernsthaftigkeit zu behaupten, guck, die Welt ist nur schön. In diesen Momenten blendet man alles aus, was nicht schön ist. Und ich bin irgendjemandem sehr dankbar für diese Fähigkeit. Irgendwie sollte ich das in meinem neuen Porno erwähnen. Vielleicht könnte ich es im Subtext mitschwingen lassen.

Emma und Violet rannten an Sara vorbei.
„Wo ist Martin?"
„Der bringt noch jemanden nach Hause. Er kommt gleich."
„Wen bringt er nach Hause?"
„Eine Freundin, Tabea. Sie war am Baggersee dabei."
„Aha. Wie war's?"
Ich erzählte ihr von Emmas Unfall. Während Sara hochging, um nach Emma zu schauen, setzte ich mich an den Esstisch. Sara kam wieder runter und setzte sich zu mir.
„Und?"
„Scheint wieder alles gut zu sein. Sie ist oft ein wenig ungestüm."
Sie sah mich an.
„Will?"
„Hm?"

Sie seufzte, blickte weg, blickte zum Boden und sah mach dann wieder an.

„Es fällt mir verdammt schwer, dir das zu sagen."

Ich runzelte die Stirn. Was war passiert?

„Was ist denn los?"

Sie schüttelte den Kopf. Blickte auf den Tisch.

„Ich will mich bedanken."

Jetzt sah sie mir fest in die Augen und ich konnte spüren, wie schwer es ihr fiel. Ich konnte durch die Augen meiner Schwester, die sonst nie unsicher oder verletzbar war, in ihr Inneres sehen. Und in diesem Moment empfand ich meine Schwester als eine sehr schöne Frau.

„Ich will mich entschuldigen und mich bedanken. Entschuldigen für meine Art, mit dir umzugehen. Bedanken dafür, dass du auf meine Kinder und das Haus aufgepasst hast. Ich wusste nicht, ob du deine Kinderphobie überwinden kannst, aber es scheint, du hast dich hier ganz gut eingelebt."

Ich war erleichtert. Und gerührt. So ein Gefühl hatte meine Schwester schon lange nicht mehr in mir erzeugt. Ich konnte mich ehrlich gesagt nicht mehr daran erinnern, wann das letzte Mal gewesen war. Vielleicht mit der roten Postkarte aus London, als ich ein kleiner Junge war.

Das Türschloss knackte und Martin kam ins Haus.

„Hey Tin."

„Hallo Mama."

Der Junge setzte sich zu uns. Wir unterhielten uns noch eine Weile, jeder erzählte ein bisschen aus den letzten zwei Wochen. Sara fragte Martin über Tabea aus.

Als ich am nächsten Morgen schläfrig in die Küche kam, stand Sara schon am Tisch.
„Warum bist du schon wach?“
Meine Schwester konnte es sich nicht angewöhnen, jemanden zu begrüßen, bevor man das eigentliche Gespräch beginnt.
„Guten Morgen Sara. Na ja, ich bin die letzten zwei Wochen immer aufgestanden, um den Kindern das Essen zu machen.“
„Wenn du magst, kannst du weiterschlafen.“
Ich nickte und tapste zurück in mein Bett.

Früher war mein Zimmer neben der Treppe und Saras dahinter. Sie musste immer an meinem vorbei, um herunter zu gehen. Da unser Haus schon alt war, knarrte so ziemlich jede Diele der Treppe. Mit 8 kannte ich alle Dielen, die ich benutzen konnte, ohne laut zu sein. Doch Sara lief einfach darüber und weckte mich so jeden Morgen für die Schule. Eines Samstagmorgens war sie früh aufgestanden, weil sie mit ihrer Klasse einen Ausflug machte, und ich wurde wieder von dem Knarren wach. Also ging ich herunter in die Küche.
„Warum bist du schon wach?“
Mit den Fäusten die Augen reibend antwortete ich ihr.
„Du bist knarrend an meiner Tür vorbeigelaufen.“
„Heute ist Samstag. Ich muss zum Ausflug. Du kannst weiterschlafen.“
Ich nickte und tapste zurück in mein Bett.

Ein paar Stunden später erschien ich wieder in der Küche und machte mir mein Frühstück, während Sara das

Mittagessen vorbereitete. Der Zettel am Kühlschrank war verschwunden, das Fernsehkabel und die Batterien der Fernbedienung wieder da. Sara verlor nie ein Wort darüber, auch nicht wegen meiner Spuren im Flur.
„Was machst du heute?“
Ich erschrak. Ich musste bis morgen den Porno fertig haben! Das hatte ich ganz verdrängt!
„Ich muss meine Wäsche waschen gehen. Und unbedingt schreiben, morgen muss ich die Geschichte abgeben. Das wird den Tag schon ausfüllen. Vielleicht treffe ich mich mit Sam.“
Ich hätte bei der Erwähnung von Sam ein Augenrollen erwartet, doch stattdessen drehte Sara sich um und lehnte sich an die Arbeitsplatte in der Küche.
„Du kannst deine Wäsche hier waschen. Ich hab ein bisschen übertrieben, was die Regeln angeht.“
Ich war erstaunt. Aber das kam mir Recht. Ich musste unbedingt viel schreiben. Ich bedankte mich, stellte mein Geschirr in die Maschine und kümmerte mich um meine Wäsche. Danach verzog ich mich in meinem Zimmer.
Ich las mir durch, was ich bis jetzt geschrieben hatte, und hämmerte dann in die Tasten. Feilte am Text, sprach ungefährliche Passagen laut vor mich hin, löschte ganze Seiten, um sie neu zu schreiben, riss das Fenster auf, um frische Luft zu bekommen. Kurz gesagt, ich arbeitete wie ein Wilder. Unterbrochen wurde ich vom Telefon. Sam.
„Goofy, kannssu vorbeikommen? Mir geht’s scheiße.“
„Was ist denn los?“
„Hab Liebeskummer.“
Liebeskummer? Sam?!

Mich wunderte, dass dieses Wort in Bezug auf seine eigene Person überhaupt in seinem Wortschatz existierte.
„Es is wegen Valerie."
Er wollte gerade ausholen und erzählen, doch ich bremste ihn.
„Sam, tut mir leid, ich habe gerade keine Zeit. Ich muss unbedingt die Geschichte für Bob Tail fertig machen."
„Kannssu das nicht morgen machen? Brauch dich echt!"
„Sorry, morgen muss ich das abgeben. Ich melde mich, sobald ich kann, in Ordnung?"
Sam schniefte.
„Okay. Ruf an wann du willst."
„Okay."
„Auch mitten in der Nacht!"
„Auch mitten in der Nacht."
„Sobald du fertig bist?"
„Sobald ich fertig bin, stürze ich ans Telefon und rufe dich an. Ciao Sam."
Schweigen.
„Aber ehrlich!"
„Ja. Vertrau mir."
Ich legte auf. Sara stand in der Tür zur Küche.
„Bob Tail? Ist das dein Chef?"
„Ja, mein Verleger."
„Komischer Name. Auch Amerikaner?"
„Keine Ahnung. Ich glaube eher nicht. Ich werde bei Gelegenheit mal fragen."
„Will, ich hab habe das Abendessen auf dem Herd und jemand müsste Emma und Violet vom Ballett abholen. Kannst du kurz aufs Essen aufpassen?"
Tas!

„Ich kann die Beiden kurz holen!"
„Wenn ihr zurück seid, ist das Essen auf dem Tisch."
Es war wie eine Familie. Ihr Kopf verschwand hinter der Tür, nur um gleich darauf wieder auftauchen zu können.
„Ich muss noch üben. Danke."
Ich lief los zum Balletthaus und traf auf Tas.
„Will. Ich dachte schon, ich sehe dich heute nicht mehr. Wie geht's dir?"
„Gut, etwas gestresst wegen der Arbeit, aber sonst gut. Und dir?"
„Gut, gut. Warum hast du dich nicht gemeldet?"
Jetzt, als ich wieder in diese Augen sah, fragte ich mich das auch. Wie konnte ich mich wegen geschriebener Worte von dieser Frau abhalten lassen.
„Ich hatte deine Nummer verloren. Es tut mir leid."
„Hm."
Sie zog einen Stift hervor und schrieb die Zahlen ihrer Telefonnummer in richtiger Reihenfolge auf die Unterseite meines Unterarms.
„Den wirst du bestimmt nicht verlieren. Jetzt musst du mich anrufen, bevor du dich da wäschst. Versprochen?"
Wie könnte ich ihr etwas abschlagen?
„Versprochen!"
Mit einem zauberhaften Lächeln verabschiedete sie sich. Auf dem ganzen Weg vom Balletthaus nach Hause dachte ich an dieses Lächeln und prägte es mir ein, damit ich es nicht wieder vergaß.

Ich schrieb weiter und es wurde immer dunkler um mich herum. Nachts um zwei stand ich auf und streckte mich. Ich zog meine Schuhe an, ging einmal um den Block, dann schrieb ich weiter. Manchmal stockte ich, dann ging für eine halbe Stunde nichts. In diesen Momenten fand ich Millionen Sachen, die spannender waren als das Schreiben. Ich quälte mich durch Wortschluchten und Buchstabenberge, bis ich wieder zum Fluss kam und die Wörter aus mir sprudelten. Dann sprang ich auf und tanzte im Zimmer und sang leise vor mich hin. In ‚Passwort: Swordfish' gibt es diese eine Szene: Wenn der Hacker diesen Wurm programmiert und es manchmal nicht klappt und er sich aufregt und dann als es klappt, hüpft er in seinem Raum herum und freut sich wie ein kleiner Junge an Weihnachten. Genauso fühlte ich mich.

Kurz vor fünf Uhr war ich fertig. Meine Augen schmerzten. Doch ich war froh, fertig zu sein. Sam hatte ich vergessen. Er fiel mir erst wieder am nächsten Morgen ein und ich rief direkt an.

„Hassu bis jetz geschrieben? Ich hab die ganze Nacht auf deinen Anruf gewartet!"

„Im Ernst?"

„Ja, aber ich bin eingeschlafen. Wann warssu fertig?"

„Um Fünf."

„Ich glaube, da war ich noch wach. Oder ich habe geträumt, dass ich wach war. Kannssu nun vorbeikommen?"

„Ich wollte gleich zu Bob und ihm die Geschichte geben."

„Kannssu dann vorbeikommen?"

„Ja, Sam, dann komme ich vorbei."

Sara lief gerade an mir vorbei, als ich auflegte.

„Probleme?"

„Guten Morgen Sara. Ja, Sam hat Liebeskummer."
Sie sah mich ungläubig an.
„Sam? Liebeskummer? Kennt der das überhaupt?"
„Zumindest redet er davon."
„Kinder reden auch von geil."
Nach dem Frühstück holte ich meine Wäsche aus dem Keller. Mit frischen Sachen und der ausgedruckten Geschichte in der Hand fuhr ich zu Bob. Im Bus amüsierte mich der Gedanke, welche Antwort ich geben würde, wenn ich jemanden kennen lernen würde und dieser wissen wollte, was ich arbeite.
‚Ja wissen Sie, ich bin Broker. Also mit Wertpapieren handeln und so. Schwierige Sache. Aber einer muss es ja machen.'
‚Aha.'
‚Und was machen Sie, wenn ich fragen darf?'
‚Natürlich dürfen sie. Ich bin Pornoschreiber. Also Wichsvorlagen herstellen und so. Schwierige Sache. Aber einer muss es ja machen.'
Wahrscheinlich würde ich reagieren, wie ich es in der Bar gemacht hatte. Ich würde irgendwas anderes erzählen. Aber ich könnte nicht genau sagen, warum. Natürlich war das kein Job, mit dem man angeben konnte. Ich würde mich schon etwas unwohl fühlen. Aber vielleicht schlimmer wäre das Gefühl, dass dein Gegenüber sich wegen dir unwohl fühlt. Vielleicht habe ich auf irgendwelchen Anlässen schon Pornoschreiber und Darsteller getroffen, die das Gleiche mit mir gemacht haben. Interessanter Gedanke. Ich dachte auch über Hugh Hefner nach, den Gründer des Playboy. Der sah eigentlich auch ganz normal aus. Und der lebt mit drei Frauen gleichzeitig. Der Bus hielt an meiner Haltestelle und spuckte

mich aus. Ich traf Bob vor seinem Büro, welches er gerade aufschloss.

„Na, ist das eine neue Geschichte in ihrer Hand? Sehr gut. Die letzte hat mir gefallen. Hat Sam das ausgerichtet?“

Bob Tail setzte sich in seinen Sessel, zündete sich eine Zigarre an und streckte dann die Hand nach dem Manuskript aus. Er blätterte es durch. Man merkte, dass er sich gleichzeitig unterhalten und Manuskripte lesen konnte.

„Die erste Geschichte wird morgen gedruckt. Ich brauche noch ein Pseudonym von Ihnen. Wie wollen Sie sich nennen?“

Ein Pseudonym? So was wie Batman?

„Haben Sie schon einen Dirk Diggler?“

Bob sah auf und schmunzelte.

„Nein. Jetzt schreiben Sie unter Dirk Diggler.“

Er schrieb den Namen auf die erste Seite des Manuskripts. Dann schlug er es dort auf, wo er stehen geblieben war und las weiter.

„Bob Tail ist doch auch ein Pseudonym, oder?“

Er sah nicht auf.

„In diesem Beruf brauchst du immer ein Pseudonym.“

„Warum?“

Jetzt sah er auf. Er klappte sogar mein Manuskript zu. Lehnte sich zurück, zeigte auf die Zigarrenbox, auf den Stapel von Pornoheftchen auf seinem Schreibtisch.

„Weil das alles hier Show ist. Dieses ganze Pornogehabe ist einzig und allein Unterhaltung. Aufgebaut, um Geld zu verdienen. Hier bin ich, der Pornoverleger mit seinen Zigarren, seinem derben Wortschatz und seinem fetten Büro. Ich verlange von dir und den anderen Autoren, Geschichten zu schreiben über Amazonen, die nicht zu bändigen sind. Über Seitensprünge, die von den Ehefrauen entdeckt und dann mit ihnen weitergeführt werden. Über Sex als animalische Lust. Doch wenn ich das Gebäude verlassen habe, begebe ich mich nach Hause in eine Wohnung, in der meine Frau auf mich wartet. Sie ist Sekretärin und geht jeden Sonntag in die Kirche. Ich liebe sie und war ihr nie untreu. Ich freue mich dann darauf, meine beiden kleinen Töchter zu sehen und in den Arm zu nehmen. Ich habe Angst vor dem Zeitpunkt, wenn sie ins geschlechtsreife Alter kommen, und ich werde sie von jedem Jungen fernhalten. Ich selbst habe meine Unschuld mit 22 verloren und jetzt schlafe ich mit meiner Frau nur einmal pro Woche. Höchstens. Und das nicht auf der Waschmaschine oder im Auto, sondern nur im Bett. Alle diese Geschichten sind nichts anderes als Geschichten. Und um diese Geschichten steht ein Gerüst aus Show. Zu dieser Show gehört Bob Tail. Außerhalb dieser Show heiße ich Klaus Lichtenberger."

Bob schlug mein Manuskript wieder auf.

„So ist das. Und deswegen: Lassen Sie uns arbeiten. Wäre geil, wenn sie ihn nochmal in der Dusche vögelt."

Das war das Einzige, was er anzumerken hatte. Ansonsten war er zufrieden. Er lobte mich und spornte mich an, gleich die nächste zu schreiben. Also wieder auf Tour gehen. Oder Erinnerungen suchen. Ich verabschiedete mich von ihm und stieg wieder in den Bus. Bob hatte mich in meinen Gedanken über die ganze Pornosache nur bestätigt. Und dennoch war es erstaunlich, so was aus seinem Mund zu hören. Ich fuhr mit dem Bus direkt zu Sam. Er öffnete die Tür und ich stürmte herein.

„Guten Morgen, Sam."

„Morgen."
„Rate mal, woher ich gerade komme."
„Hm?"
„Von Bob Tail."
„Aha."
„Und rate mal, was er zu meiner neuen Geschichte gesagt hat?"
„So, wie du dich freus, hat sie ihm gefallen."
„Ist das nicht super?"
„Ja. Super."
„Bist du gerade erst aufgestanden?"
„Hab gar nich geschlafen."
„Was ist los?"
Ich erinnerte mich an unser Telefongespräch.
„Valerie?"
Sam nickte.
„Die letzten Tage waren super. Am Freitagabend, als wir sie kennen gelernt habn, dacht ich, ich krieg sie noch an dem Abend rum, doch diese Frau steht zu ihren Prinzipien. Und trotzdem mag ich sie. Verbring gern Zeit mit ihr. Und akzeptier ihre Entscheidung. Doch Sonntagabend beim Essen sagt sie mir, dassich ein Mann mit zu viel Erfahrung für sie bin. Vor allem, was Beziehungen angeht, würde sie sich immer hinterher fühlen. Ich wollte protestieren, doch wie gesagt, sie is ne Frau mit Prinzipien. Und sie war nicht von ihrer Entscheidung abzubringen. Und nun verzweifel ich seit gestern Morgen hier."
Wir hatten uns ins Wohnzimmer gesetzt und ich registrierte den Versuch des Aufräumens in der Wohnung.
„Was zu trinken?"
„Das Ganze dauert wohl länger, nicht?"

Sam verschwand in der Küche und kam mit einem Kasten Bier wieder. Ich schüttelte den Kopf. Ich konnte keinen Alkohol gebrauchen. Und Sam sollte auch keinen trinken. Ich wollte nicht nur, dass er mir alles erzählen, sondern dass er mir auch zuhören konnte. Er zuckte mit den Schultern, drehte sich um und kam mit Limonade wieder.
„Was anderes isnich da."
Bier und Limonade, beides kann man nicht kaufen, sondern nur mieten. Ich musste während unseres Gespräches dauernd aufs Klo.
„Ist sie denn so besonders?"
Sam versank in Selbstmitleid. Was für eine tolle Frau er verloren hatte. Und dass er sie unbedingt zurück wollte. Ich warf ein, dass er sie erst seit Freitag kannte, doch Sam überging den Einwurf. Er fragte mich, was er tun sollte.
„Beweis ihr, dass es dir Ernst ist. Schick ihr jeden Tag Blumen. Oder eine SMS. Oder Briefe. Oder ruf an. Nein lieber nicht, sonst fühlt sie sich bedrängt. Schick ihr jeden Tag eine Blume. Oder Briefe. Alles andere bedrängt eher. Sei kreativ. Mal ihr ein Bild. Lad sie zum Essen ein, nur weil Donnerstag ist. Aber respektier ihre Wünsche."
Er sprang auf, schmiss mich aus der Wohnung und machte sich an die Arbeit. Ich machte mich im Rest der Nachmittagssonne auf den Heimweg. Eine Wolkenfront zog auf und es sah nach Regen aus. Doch nach Hause müsste ich es eigentlich trocken schaffen. Mit Einsetzen des Nieselns öffnete ich die Tür von Saras Haus. Sara fand ich in ihrem Arbeitszimmer. Respektvoll blieb ich vor der Tür stehen.
„Hallo Sara, ich bin wieder da."
Keine Antwort.

„Ich war bei meinem Verleger, er findet meine Geschichte gut und sie wird verlegt."
Keine Reaktion.
„Und ich war bei Sam und hab mit ihm geredet."
Sara drehte sich in ihrem Stuhl um.
„Ich wollte dir eine Freude machen und dein Zimmer aufräumen. Dabei habe ich das hier gefunden."
Sie schmiss mir meine Manuskripte vor die Füße. Ich wollte mich verteidigen, doch es hatte gar keinen Sinn. Sie regte sich nicht auf, sie war ganz ruhig. Aber ihre Augen waren gerötet, als hätte sie geweint. Ich hatte meine Schwester schon seit Jahren nicht mehr weinen sehen.
„Pack deine Sachen, Will. Du brauchst gar nichts zu sagen."
Martin stand am oberen Ende der Treppe und verfolgte die Szene mit gebührendem Abstand. Ich sah zu ihm hoch, er zuckte verzweifelt mit den Schultern. Ich zuckte genauso mit den Schultern, ging in mein Zimmer und packte meine Sachen. Sara stand die ganze Zeit im Rahmen. Mit verschränkten Armen wartete sie, bis ich alles gepackt hatte. Als ich vor der Haustür stand, gab ich ihr ohne Aufforderung den Hausschlüssel. Wortlos nahm sie ihn entgegen und schloss die Tür vor mir. Und genau wie vor zwei Wochen stand ich mit meinen zwei Koffern im strömenden Regen vor dem Haus meiner Schwester. Doch die Hoffnung, aufgenommen zu werden, hatte ich diesmal nicht.

Sam war erst sauer, weil er in seinem kreativen Schaffen gestört wurde, doch dann sah er die Koffer und verstand.
„Sara hat dich rausgeworfen?"

„Sie hat meine Pornos gefunden."
„Als ob sie nicht wüsste, das jeder Mann Pornos unterm Bett hat."
Ich sah ihn mit bösem Blick an, doch er grinste nur und schob mich in die Wohnung.
„Und dann auch noch zwei Koffer. Das einzig Wichtige für nen Mann auf Reisen is ein Handtuch, weissu das nich? Und genau das könntessu jetz ziemlich gut gebrauchen."
„Du hast wohl wieder gute Laune?"
Im Wohnzimmer herrschte Chaos. Neues, für Sam ungewohntes Chaos. Alles, was auf dem Esstisch gestanden hatte, war weg. Dafür stand dort eine Schreibmaschine. Eine Hermes Baby, wie mein Kennerblick mir verriet. Und Blätter. Und ein Mülleimer. Mit noch mehr Blättern drin. Ich stellte meine Koffer ab und zog ein paar Seiten aus dem Müll.
„Mein Herz ist entflammt."
Ich sah Sam schräg an, ließ das Blatt wieder fallen.
„Ich habe mein Herz bei dir verloren, und in meiner Brust ragt ein Loch. In meiner Brust ragt ein Loch? Das muss heißen, in meiner Brust klafft ein Loch. Aber das ist doch alles..."
Sam schwenkte seine Hände in einer abwehrenden Bewegung in der Luft.
„Ich weiß, das hört sich alles scheiße an, stimmt's?"
Zur Bestätigung ließ ich die Blätter wieder in den Müll fallen.
„Will, ich hab keine Ahnung, was ich schreiben soll! Du bis der Schriftsteller. Schreib du mir was!"
„Bestimmt. Und dann muss ich jedes Mal was schreiben, wenn du es mit ihr vermasselst."
Sam seufzte.

„Komm, setzen wir uns raus, wechseln das Thema. Trinken zwei Bier. Oder mehr. Heute Abend müssen wir nirgends mehr hin."
Wir setzten uns zwar auf den Balkon, ich hatte mir trockene Klamotten aus meinen Koffern gefischt, doch das Thema wechselten wir nicht. Sam konnte an nichts anderes denken.
„Erzähl mir von ihr."
Sam nippte an seinem Bier, dann sah er in den dämmernden Himmel. Die Sonne ging gerade unter. Sam wollte anfangen zu reden, doch ich hob die Hand und bedeutete ihm, ruhig zu sein.
„Lass uns den Sonnenuntergang in Stille genießen."
Ich dachte an Alex und den Morgen im Schlossgarten. Als ich derjenige war, der Hilfe brauchte. Jetzt war ich derjenige, der zuhörte. Obwohl ich selbst Probleme hatte. Vielleicht hatte Alex auch Probleme gehabt. Ich sollte ihn fragen, wenn ich ihn das nächste Mal sah. Wo und wann immer das sein sollte. 20 Minuten sahen wir schweigend der Sonne zu, die blutend versank, nur um wieder aufgehen zu können. Ein ewiger Kreislauf. Die Buddhisten nennen das Samsara.
„Jetzt erzähl mal von Valerie."
„Sie is wie eine Katze. Sie schaut dich an und du sags nichts und dir scheint es, als ob sie schon alles über dich weiß. Dann fängt sie an, dich zu fragen. Sie fragt dich, wie du heiß und was du machs, und du erzähls ihr alles. Und es fühlt sich an, als ob sie schon alles wüsste. Trotzdem issie total neugierig. Wie ein Kind. Fast schon übertrieben, dassu dir ein bisschen verarscht vorkommst. Aber gleichzeitig wünschssu dir, dassie noch mehr fragt. Damit du noch mehr erzählen kannst.

Damit sie dich weiter mit diesen Augen anschaut. Obwohl du gar nich in die Augen schauen kannst, wenn sie redet. Wenn du das tus, kannssu nicht mehr weiterreden, kennssu das?"
Ich nickte.
„Ja. Und sie erzählt mir von sich und von ihrer Familie. Sie hat zwei Geschwister. Und ganz viele Cousinen und Cousins. Ihre Eltern komm aus Schweden. Sie hat mir von riesigen Familienfeiern erzählt. Sie hat da diese Narbe in ihrer rechten Augenbraue. Die halbiert die Braue. Sieht voll süß aus. Die hat sie sich mit fünf zugezogen. Und wenn sie sich wegen irgendwas schämt, wird sie nicht rot, sondern kratssich an der Narbe. Und wenn sie niest, dann macht sie kein Ha-tschi, sondern sie macht Tschi-ka. Hört sich ein bisschen an, wie rückwärts niesen. Verstehssu? Und ihr gefällt Sam überhaupt nich. Sie findet Samuel viel schöner. Eigentlich fand ich Samuel immer schrecklich, doch wenn Valerie den Namen sagt, isser super."
Sam war total geflasht. Liebestrunken. Ich stand auf.
„Hey, wohin gehssu?"
„Ich werde jetzt einen Brief für dich schreiben."
Sam klatschte in die Hände, packte sich einen Stuhl und setzte sich neben mich.
„Nein, du gehst wieder raus. Oder les ein Buch. Mir egal. Aber schau mir nicht über die Schulter."
Sam stand auf und verzog sich. Ich spannte ein neues Blatt in die Hermes Baby und tippte. Nicht, dass alles einfach aus mir heraus geflossen wäre. Vielleicht ein Dutzend Blatt Papier landete auch bei mir im Müll. Doch nach einer Stunde zog ich ein Blatt aus der Schreibmaschine und ich war zumindest zufrieden. Sam saß mit Kopfhörern

auf dem Sofa und sah fern. Als er mich nicht hörte, warf ich mit Papierkugeln nach ihm. Er riss sich die Kopfhörer herunter und kletterte über das Sofa zu mir.
„Fertig?“
Ich gab ihm das Blatt und Sam las.

‚Ich sitze da und schreibe. Zumindest versuche ich es ... Der Stift hängt zwischen meinen Zähnen, langsam nehme ich ihn aus dem Mund und drehe ihn zwischen den Fingern. Dann fange ich an:
„Ich hasse Menschen, die mit offenen Regenschirmen unter Dächern laufen. Das ist wie ... mit dem Auto im Zug fahren, um von einem Ort zum anderen zu kommen. Das ist wie ... sich hinter einer Maske von Persönlichkeit zu verstecken und die eigene nicht zu benutzen. Das ist wie ...“
Ich richte mich auf, schaue die geschriebenen Worte an und zerknülle das Blatt mit einer Hand. Ich werfe es über meine Schulter und drehe mich dann auf meinem Stuhl, um zu sehen, ob ich den Mülleimer getroffen habe. Daneben. Egal. Ich werde es später aufräumen. Mit Schwung drehe ich mich wieder zum Tisch. Gedanken kreuzen sich in meinen Kopf, hinterlassen Ideen und Abfälle. Das eine ist vom anderen schwer zu unterscheiden. Ich fühle mich nach Schreiben, meine Finger kribbeln, mein Kopf ist voll und ich bekomme nichts geordnet. Noch bevor ich die Sätze zu Ende gedacht habe, werfe ich sie gedanklich weg. In Gedanken treffe ich den Mülleimer immer.
Die Worte fühlen sich nicht richtig an. Das Blatt vor mir füllt sich mit Durchgestrichenem und Einzeilern, mit kleinen Männchen an den Seiten und hieroglyphenartigen Zeichen. Sieben Buchstaben fahre ich immer wieder nach. Mit einem Ruck schiebe ich mich vom Tisch weg zum Eimer und packe den Papierball, der daneben liegt. Aus dieser Entfernung treffe ich. Mein Blick verliert sich im Blau der Plastiktüte im Eimer, dann ziehe ich das Stück Papier wieder heraus, rolle zurück zum Tisch und falte es wieder auseinander.
„Das ist wie etwas zu schreiben, was man sprechen sollte.“
Hier fühlt es sich richtig an. Mein Kopf formt und ich bringe es auf das Papier. Ich nehme ein neues Blatt und lege es über das alte.

Ein neues Blatt, ein neuer Anfang.
„Er kannte sie noch nicht lange. Er hatte nicht gedacht, in so einem Club so jemanden zu treffen. Er hatte sich zu ihr gesetzt, zu der Frau mit den blonden Haaren und den grünen Augen und dem Katzenblick. Er fühlte sich wohl bei dieser schwedischen Frau. Doch nun ...
Menschen sind wie Lieder. Manche hörst du einmal und du weißt, du wirst sie nie mögen. Manche hörst du einmal und du bist begeistert. Du hörst dieses Lied eine Zeitlang rauf und runter und im Replay, doch langsam schleicht sich das Gefühl von Müdigkeit ein, es verliert seine anfängliche Faszination und du kannst es nicht mehr hören. Wie man äußerlich hübsche Menschen nicht mehr sehen kann, wenn man das trostlose Innere einmal erspäht hat. Und dann gibt es die unscheinbaren Lieder. Du hörst sie das erste Mal und sie fallen dir kaum auf. Du hörst sie, wenn sie im Radio laufen, singst ein, zwei Zeilen mit, aber richtig begeistern können sie dich nicht. Doch du hörst es immer und immer wieder und langsam hörst du das Innere aus den Liedern raus. Die leisen Instrumente, den Hintergrund und den Zusammenhang, und langsam, so langsam, dass du es gar nicht merkst, sind die Lieder wunderschön – wie auch die Menschen. Du siehst sie und sie sind, was sie sind: Menschen. Doch du siehst sie immer wieder, redest mit ihnen und langsam erkennst du ihre Eigenheiten, was ihnen gefällt, wie sie reden und wie ihre Lippen sich dabei bewegen. Du erhaschst einen Blick auf ihr Inneres, und das ist wunderschön. Immer mehr öffnet sich dieses für dich. Du siehst sie bei Freunden sitzen, geistig weit weg. Du weißt, welcher Ausdruck zu welcher Gemütslage gehört, du lernst all ihre Ticks und Macken und Narben kennen, und du fängst an, sie zu lieben. Je mehr du sie liebst und je mehr du von ihrem schönen Inneren wahrnimmst, desto schöner wird für dich auch das Äußere. Fasziniert beobachtest du den Menschen, lächelst über Bewegungen und staunst über Handlungen. Du spürst, wenn diese Personen den Raum

betreten. Es wird heller, in dir drin. Die anderen hören nicht auf zu reden, sie beachten sie nicht mal, aber du selbst und deine Natur sind still. Jeder Gedanke, der dir durch den Kopf schießt, jedes Wort, das dir über die Lippen kommt, jeder Ärger, der dich auf die Palme bringt, jede schöne Sache, die die Wolken verschwinden lässt, alles wird klein und verstummt. Denn du spürst das Hübsche, und was braucht es mehr?
Flach liegt der Stift zwischen Papier und Hand, die darauf ruht. Ein kleines Lächeln umspielt meine Lippen. Im Grunde genommen mag ich die Menschen, die mit offenen Schirmen unter Dächern laufen, denn ohne sie hätte ich nicht angefangen zu schreiben.'

Sam schwieg, dann sah er mich an. Normalerweise war Sam der Mensch, der solche Texte verspottet.
„Wow. Das ist gut! Aber das kannich nich schicken, sie merkt sofort, dasses nich von mir is."
Ich zuckte mit den Schultern.
„Ich schenke es dir. Was du damit machst, ist deine eigene Entscheidung."
„Aber is echt gut. Warum gibssu dich eigentlich mit so was wie Pornoschreiben ab, wenn du so was Poetisches drauf hast?"
Er sprang hastig durch die Tür und hinter das Sofa, um mir zu entkommen, doch ich erwischte ihn im Flug über das Sofa und wir landeten mit einem Riesenkrach dahinter. Dann war es still und wir hörten das Klopfen des Nachbarn über uns. Lachend hielt ich Sam die Hand hin, um ihm wieder aufzuhelfen. Wir setzten uns wieder auf den Balkon und jetzt hatte sich Sams Gehirn so weit gelöst, dass wir auch über andere Sachen sprechen konnten. Es war sehr spät, als wir uns dann endlich schlafen legten. Ich räumte mir die Couch frei und Sam brachte mir noch eine Decke.

Am Anfang meiner persönlichen Zwanziger Jahre, auf einer Party, die von den Eltern des Gastgebers unterbrochen wurde, traf ich ein fremdes Mädchen. Ihre blonden Haare quollen unter der Mütze hervor und das Wesentliche an ihr waren ihre ausgeprägten Augenringe, die ihr ein faszinierendes Gesicht gaben. Wie jemand, der viel erlebt hat und viel Neues probiert. Später begriff ich, dass sie im Grunde genommen nicht schön war, wenn man sie nicht kannte. Es war ihr Lächeln, welches das Gesicht wirklich wunderhübsch machte. Und als ob sie meine Gedanken lesen könnte, bekam ich immer ein Lächeln oder ein Augenzwinkern, wenn ich sie sah. Sie stand neben mir am Bierfass und ich gab ihr meinen Becher, damit sie nicht länger warten musste. Den Rest des Abends hatte ich es mir zur Aufgabe gemacht, mit diesem Mädchen in Kontakt zu kommen. Doch es gelang mir nicht. Also gab ich mich geschlagen und kehrte zum Bierfass zurück. Als wir dann aber auf der Straße standen, nachdem die Eltern uns rausgeworfen hatten, kam sie auf mich zu.

„Zum nach Hause gehen ist es noch zu früh, oder?"

Erst stimmte ich ihr zu, dann bekannte ich, dass ich ein kleines Problem hatte. Ich hatte keine Möglichkeit mehr, nach Hause zu kommen.

„Ein Problem kann manchmal schon mit der Änderung des Standpunktes gelöst werden. Du sagst, du hast keinen Platz zum Schlafen."

Sie streckte mir ihre Hand hin.

„Rahel."

„Will."

„Siehst du, Problem gelöst."

Ich sah sie schräg an.

„Jetzt übernachtest du bei deiner neuen Freundin."

Rahel schien der Typ für lange Nächte zu sein. Und mir war, als lernte ich sie in dieser Nacht mehr kennen, als viele andere Menschen über Jahre hinweg. Wir begaben uns auf einen ausgedehnten Spaziergang, der an der Haustür von Rahels Eltern endete. Das Haus war eine Villa. Seit Jahrzehnten im Besitz der Familie. Im Keller befand sich eine Einliegerwohnung, in der Rahel wohnte. Hier konnten wir die Musik lauter aufdrehen und uns in den Garten setzen. Wir rauchten, redeten und lachten viel. Morgens um sechs wollten wir schlafen gehen. Ich fragte sie nach einer Decke, damit ich auf der Couch schlafen konnte. Rahel schüttelte den Kopf.

„Ich hab ein großes Bett. Du kannst auch da schlafen."
Normalerweise wäre ich solchen Aufforderungen sofort gefolgt. Doch irgendwas sagte mir, dass ich auf der Couch bleiben sollte. Ich lehnte höflich ab, Rahel brachte mir eine Decke und wünschte mir mit einem Wangenkuss „Gute Nacht". Ich war auf der Couch fast eingeschlafen, als ich plötzlich jemanden neben mir spürte.
„Wenn du nicht zu mir kommst, muss ich eben zu dir kommen."
Die Couch war nicht groß, doch diese Zweisamkeit wollte ich mir nicht vermiesen lassen. Ich spürte Rahels warmen Körper hinter meinen kriechen. Ihr Arm legte sich um mich. Mehr ist nicht passiert. So schliefen wir ein.
Irgendwann ist Rahel studieren gegangen und nach und nach haben wir uns aus den Augen verloren. Manchmal kommt eine SMS oder Email von ihr oder mir, manchmal treffen wir uns, aber nie konnten wir die erste Nacht wieder aufleben lassen.

Ich lag auf Sams Couch und hatte Sehnsucht nach Rahel und ich nahm mir vor, mich bei ihr zu melden. Ich hätte mich noch gern länger an sie erinnert, doch ich war so müde, dass sich meine Gedanken in eine Parkbucht stellten und sofort abschalteten.

Durch das Zuschlagen der Haustür wachte ich auf. Sam kam in die Wohnung.
„Aufstehen, ich hab Essen besorgt."
Ich rieb mir die Augen und setzte mich auf. Sam packte chinesische Fastfood-Boxen aus. Glasnudeln zum Frühstück. Das konnte heiter werden.

„Schlafmütze! Ich war schon kräftig Schadensbegrenzung betreiben. Ich hab schon eine Blume gekauft und zu Valerie gebracht. Der Blumenhändler war voll nett. Hat mir die Bedeutung der Blumen gesagt. Ich hab mich für Goldlack entschieden. Das heißt, ich sehne mich nach dir. Also nach Valerie. Dann war ich bei Sara. Ich hab ihr erklärt, dass das alles meine Schuld sei. Aber ich glaube, sie is jetz einfach nur zusätzlich sauer auf mich."
Er sah sich die Essstäbchen an, dann holte er aus der Küche zwei Gabeln.
„Komm, das Essen wird kalt."
Schweigend aßen wir die Nudeln. Es gab Zeiten, da hatte ich mich nur von Fast Food ernährt. Doch nun, nachdem ich fast zwei Wochen von Selbstgekochtem gelebt hatte, merkte ich den Unterschied. Ich bot Sam an, das Abendessen zu kochen.
„Der Herd is kaputt."
„Seit wann?"
„Seit fast nem Jahr."
„Warum lässt du ihn nicht reparieren?"
„Weil ich ihn sowieso nich benutze."
Damit war das Thema erledigt. Es gab Momente, in denen ich mich über Sam aufregen konnte, und dieser gehörte eindeutig dazu. Doch ich war nicht in der Position, mich nun aufzuregen. So schwiegen wir uns an. Sam wartete, bis ich mit dem Essen fertig war, und warf dann beide Kartons in den Müll.
„Was machst du heute?"
„Ich muss Karten bei ebay und meinem Onlinestore einstellen."
„Die, die du mit meinem Geld gekauft hast?"
„Nein, die sind hier noch zu unbekannt. Aber weißt du,

es gibt ja immer Karten, die sehr selten sind. Deswegen öffne ich ab und an ein paar Päckchen und suche dann die wertvollsten heraus. Und diese stelle ich dann einzeln ins Netz."

„Sammelst du auch?"

„Dafür habe ich keine Zeit. Dann müsste ich mich noch mehr damit beschäftigen, aber ich kann mich nicht auf eine Art von Karten spezialisieren, ich muss ja von allem ein bisschen Ahnung haben. Ich kenne die wichtigsten Karten jedes Spiels, aber mehr auch nicht. Verstehst du?"

Ja, ich verstand.

„Gut. Und was machst du heute?"

Diesen Satz hatte ich oft von Linda gehört, wenn sie mit ihrem Hosenanzug in der Küche stand, die Zeitung in der einen und den Kaffee in der anderen Hand. Sie regte sich oft über das Format der Zeitung auf. Wer kam auf die Idee, eine Zeitung so groß zu machen? Sobald mehr als eine Person am Esstisch saß, konnte man die Zeitung nicht richtig auffalten. Sie sagte mir einmal, nach dem Studium musste sie sich entweder für Kinder oder für die tägliche Zeitung entscheiden. Denn beides zusammen hat an einem Tisch keinen Platz. Sie hatte sich für die Zeitung entschieden. Ich auch.

Linda stand dann in der Küche, kurz vor dem Absprung, beobachtete mich in meinen Boxershorts und fragte mich genau das. Was machst du heute? Sie fragte, obwohl sie die Antwort wusste. Ich würde schreiben und den Tag verbringen. Das, was ich an den anderen Tagen auch tat. Diese Frage war wie ein Hieb mit einem Schwert aus Worten. Wie eine unterschwellige Anschuldigung, dass ich nichts auf die Reihe brachte. Seit Jahren redete ich vom großen Durchbruch und doch tat ich jeden Tag nichts anderes als am Tag zuvor. Ich wusste nicht, ob Linda die Frage mit diesen Hintergedanken stellte, aber ich hatte eine regelrechte Phobie vor dieser Frage. Immer öfter, wenn ich aufwachte und sie noch in der Küche hörte, blieb ich im Bett und tat so, als würde ich schlafen, nur um dieser Frage zu entgehen.

„Schreiben. Oder so. Vielleicht bei Sara vorbeischauen. Aber erst duschen."
„Du weißt ja, wo du alles findest."
Sam verschwand in dem Teil der Wohnung, den er Büro nannte, und schloss die Tür. Ich verzog mich ins Bad. Das Wasser lief mir über die Augen und ich schloss sie, um das warme Gefühl des Wassers zu genießen, das sich seinen Weg über den Körper sucht. Blind tastete ich nach dem Duschgel und als ich die Augen öffnete, sah ich Tas Nummer auf meinem Unterarm. Mein Herz entschied, ich drehte das Wasser wieder ab und wickelte ein Handtuch um mich.
Das Telefon fand ich unter einigen Kartons. Nur mit dem Handtuch bekleidet setzte ich mich auf die Couch und tippte die Ziffern ein, die noch auf meinem Unterarm zu lesen waren. Das Telefon klingelte. Zweimal. Dreimal. Viermal. Ich konnte das Telefon vor mir sehen, ein schwarzes schnurloses, das in einem Raum in einer Wohnung irgendwo in Stuttgart einsam vor sich hin klingelte. Wie der Hall durch die leere Wohnung schallt. Und plötzlich nahm Tas ab.
„Tassino?"
„Ich stand unter der Dusche und habe diese Nummer auf meinem Unterarm entdeckt. Jetzt sitze ich nur mit einem Handtuch bekleidet auf der Couch und antworte auf eine schöne Stimme."

Tas schwieg einen Moment.
„Wie lange hast du dich nicht gewaschen, dass du die Nummer erst jetzt wieder siehst?"
Darauf konnte ich keine gute Antwort geben und entschied mich, zu lachen. Ich war erleichtert, als die Stimme am anderen Ende ebenso lachte.
„Hallo Tas. Wie geht's dir?"
„Hey Will. Gut geht's mir. Und selbst?"
„Das kannst du mir sagen, was hast du heute noch vor?"
„Ich muss in die Landesbibliothek, aber wenn du magst, kannst du mir gerne Gesellschaft leisten. Magst du?"
„Gerne."
„Und wie geht's dir?"
„Sehr gut."
„In einer Stunde am Haupteingang."
Ich sprang wieder unter die Dusche, sagte kurz Sam Bescheid und machte mich auf den Weg zur Bibliothek. Stuttgart kann zu Fuß groß sein. Doch nur zu Fuß kommt man zu den Orten, die Stuttgart ausmachen. Und deshalb gehe ich gerne zu Fuß.
Als ich Tas sah, dachte ich: Diese Frau zu treffen ist wie kiffen. Eigentlich weiß man, was auf einen zukommt, und trotzdem wird man jedes Mal überrascht. Das denke ich heute noch manchmal. Tas trug eine blaue Latzhose. Darunter ein gelbes Mickey-Maus-Shirt. Sie strahlte eine kindliche Naivität aus und ich denke, man kann nicht anders, als sie ins Herz zu schließen. Schüchtern trat ich an sie heran. Ich wusste nicht genau, wie ich sie begrüßen sollte. So als ob ich wieder 16 Jahre alt sei. Tas küsste wieder ihren Zeigefinger und drückte ihn auf meine Wange. Ich tat es ihr nach. Gemeinsam eroberten wir die Bibliothek.

Wie Friedhöfe strahlen Bibliotheken etwas aus, das dich dazu bringt, dich ruhig zu verhalten. Wir suchten uns einen leeren Tisch, legten unsere Sachen ab und schlenderten durch die Regale. Wir unterhielten uns und unterbrachen uns, wenn wir an einem guten Buch vorbeikamen. Während Tas mir erzählte, dass sie die Schule abgebrochen hatte, um auf die Julliard – das Musikkonservatorium in New York – zu gehen, zeigte sie auf eine Reihe Coelho-Bücher.

„Die sind gut. Besonders ‚Veronika beschließt zu sterben' und ‚Das Handbuch des Kriegers des Lichts'"

Ich schüttelte den Kopf. Ich hatte weder das eine noch das andere gelesen. Dann erzählte sie mir, dass sie durch die Aufnahmeprüfung gerasselt war und sich jetzt hier als Ballettlehrerin mit verschiedenen Kursen durchschlug. Sie zeigt auf Richard Bachs ‚Illusionen'.

„Ein Muss!"

Ich zeigte auf ‚Die Möwe Jonathan'.

„Das habe ich gelesen."

Tas zuckte mit den Schultern.

„Scheint jeder mal gelesen zu haben. So wie ‚Der kleine Prinz'."

Ich zeigte ein paar Bücher weiter auf Richard Bachmanns ‚Todesmarsch' und ‚Menschenjagd'.

„Die sind gut."

„Kenn ich nicht."

Mit 25 hatte sie beschlossen, sowohl ihr Abitur als auch das Studium nachzuholen. Die Hochschulreife hatte sie erlangt, jetzt studierte sie Sport und Philosophie auf Lehramt. Deswegen musste sie auch in die Bibliothek. Sie blieb bei Büchern von Hesse, Nietzsche und Follett stehen. Ich zeigte auf Bücher von King, Koontz und Hohlbein. Als ich

dann auf ‚Held' von Flix hinwies, stöhnte sie auf.
„Comics?"
„Der ist wirklich gut! Und die Folgebände auch! Wenn du willst, leih ich sie dir gerne mal aus."
Sie winkte ab und suchte sich dann die Bücher zusammen, wegen derer wir gekommen waren. Mit den Büchern unterm Arm traten wir wieder unter den fast wolkenlosen Himmel.
„Ich habe gleich Ballettstunde."
„Dann werde ich mich wieder auf den Weg nach Hause machen."
„Aber du könntest dich heute Abend oder morgen melden, wenn du magst."
Ich nickte.
„Bist du lange wach?"
Sie nickte.
„Okay, dann melde ich mich."
Wir nickten.
Dann drückte sie mir wieder ihren indirekten Kuss auf die Wange und ich tat dasselbe bei ihr. Der Weg nach Hause war ein schöner Spaziergang. Die Blätter an den Bäumen in den Alleen warfen flirrende Schatten und faszinierend war, dass zwischen den Schatten neue Blätterformen entstanden.

—— • ——

Sam machte mir auf, mit einem verschmitzten Blick.
„Was ist passiert?"
„Ich war fleißig."
Sam hatte nach seinen Geschäften im Internet meinen letzte Nacht geschriebenen Text genommen und ihn in

eigenen Worten abgeschrieben. Das Ergebnis war nicht perfekt, aber vollkommen. Es war ein Text in Sams Stil, aber mit meinen Einfällen. Wenn Valerie an Sam Gefallen gefunden hatte, dann würde ihr die Geschichte auch gefallen. Ich verbesserte die Rechtschreibfehler, gab ihm meinen Segen und Sam schrieb ihn noch mal in seiner schönsten Handschrift ab. Wir suchten einen Umschlag und banden ihn an eine Rose. Ich begleitete Sam zu Valeries Haus. Er redete in einem Fluss. Und ich hörte ihm fasziniert zu. Sam redete nicht oft so.

Das erinnerte mich an unsere Kindheit und den Kalender im Traktor. Dort hatte er auch so geredet, in Worten, die er normalerweise nie in den Mund nahm. Am Haus schwieg er. Sein Schweigen war ein Fang-bloß-nicht-an-zu-sprechen-Schweigen. So eins, wie es in Kirchen und auf Friedhöfen herrscht. Und eigentlich auch in Bibliotheken.

Bedächtig schob er die Rose in einen der vielen Briefschlitze, so dass die Blüte herausguckte. Sie leuchtete richtig, wie rotes Blut vor den grauen Briefkästen. Dann stand er kurz da, drehte sich ruckartig um und ging.

„Sie ist dir wirklich wichtig, was?“

„Ich denke, Donald hat seine wahre Daisy gefunden.“

Wir redeten über die Liebe, Sehnsüchte, Schmerzen und Comicfiguren. Wir redeten auf der Straße, vor der Haustür und auch noch auf dem Sofa mit dem Bier in der Hand. Und dann sagte Sam:

„Langsam sollte ich die Richtige finden und viele kleine gutaussehende Mädchen in die Welt setzen.“

Ich weiß nicht warum, vielleicht der Alkohol, vielleicht eine geistige Umnachtung, jedenfalls sagte ich:

„Du hast doch eine Sechsjährige.“

Ich erschrak, als ich meine eigenen Worte hörte. Schnell nahm ich einen Schluck von meinem Bier und hoffte, Sam überhörte meinen Kommentar. Aber manchmal stirbt die Hoffnung schneller, als man denkt.
„Was meinst du?"
„Nichts."
Sam sah mich mit durchdringenden Augen an. Die Verträumtheit und Romantik, die ich vorher dort gesehen hatte, war verschwunden.
Er bohrte, bis ich nachgeben musste und ihm die Wahrheit erzählte. Ich hatte keine Ahnung, wie Sam reagieren würde. Ich hatte noch nie einen Menschen erlebt, dem offenbart wird, dass er eine sechs Jahre alte Tochter hat.
„Emma ist meine Tochter?"
Er schüttelte den Kopf.
„Das ist unmöglich! Ich habe doch nie mit Sara geschlafen. Oder?"
„Tja, was da passiert ist, weiß ich auch nicht. Das frage ich mich, seit ich davon weiß."
„Vor sechs Jahren ..."
Sam überlegte. Er versuchte zu rekonstruieren, was passiert war. Und plötzlich sah er mich bestürzt an.
„Sie könnte Recht haben."
„Was ist passiert?"
Sam schüttelte den Kopf.
„Das geht dich nichts an."
Ich fand es taktlos, noch weiterzubohren. Sam rang mit sich und den Tränen. Ich legte einen Arm um ihn, etwas unbeholfen. Es war eine Sache, Emma oder Violet zu umarmen. Doch Sam zu umarmen war eine ganz andere. Dennoch kam er ein Stück näher.

Vor kurzem hat mir Eva ein Buch gegeben. Ein Buch mit dem Namen ‚Einfach die Welt verändern. 50 kleine Dinge mit großer Wirkung.' Darin stand die Geschichte eines Mannes, der seinen Vater an einer Beerdigung umarmte und dies das einzige Mal war. Und dass eine Umarmung ein Zeichen der Freundschaft und Liebe ist und wir das viel öfter tun sollten. Heute verstehe ich das, aber als Sam in meinen Armen fassungslos weinte, war mir das doch etwas unangenehm.

Eine Weile saßen wir so da, Sam murmelte immer wieder Emmas Namen und andere Sachen, bis er sich aus der Umarmung löste und mich ansah.
„Wie lange weißt du das schon?"
„Seit zwei Jahren. Ich habe es zufällig in Unterlagen von ihr gesehen."
Ich sah die Hand nicht kommen, sie erwischte mich voll am Ohr. Schon wieder das Ohr. Die Wucht und die Überraschung warfen mich von Sofa.
„Hey, was soll das?"
„Seit zwei Jahren weißt du das schon? Warum hast du mir nie was gesagt?"
Warum hatte ich ihm das nie gesagt? Weil ich es Sara versprochen hatte? Nein, ich hatte schon oft mein Wort gebrochen. Ehrlich gesagt habe ich es Sam verschwiegen, weil ich Sara zustimmen musste. Sam war als Vater nicht geeignet. Er schien meine Gedanken zu lesen und schrie sie mir entgegen.
„Glaubst du, ich wäre kein guter Vater? Nur weil ich keinen hatte, soll sie auch keinen haben?"
Die Tränen, die jetzt über sein Gesicht liefen, waren die der Wut. Dann ließ er den Kopf sinken.
„William, raus hier."

Seine Stimme war leise, aber gepresst, als müsste er einen großen Druck zurückhalten und sich anstrengen, nicht zu schreien. Und wie einen Abend zuvor merkte ich, dass es keinen Sinn hatte. Ich packte unter Sams Augen meine Sachen. Dann flog ich aus der Wohnung des Mannes, der eine halbe Stunde vorher in meinen Armen geweint hatte.

—— • ——

Ich hatte eigentlich keine Möglichkeiten mehr. Sara hatte mich rausgeschmissen, Sam ebenso. Alex fiel mir ein, aber ich wusste nicht, wo der wohnte, und ob ich da wirklich hin wollte. Linda entweihte wahrscheinlich gerade unser Bett mit ihrem Sekretär. Sonst lebte in Stuttgart niemand mehr, den ich kannte. Außer Tas. Also ging ich zu ihr. Verwundert öffnete sie mir die Tür.
„Will! Hast du solche Sehnsucht nach mir gehabt?"
Sie lachte, dann sah sie die Koffer.
„Oh. Komm rein. Was ist passiert?"
Ich erzählte ihr von meinem ‚Glück', was das Rauswerfen anging.
„Warum haben Sara und Sam dich rausgeschmissen?"
„Ich kann dir das nicht erzählen."
„Schon in Ordnung. Komm mit."
Sie führte mich eine schmale Treppe hinauf und durch einen kleinen Flur in ein Wohnzimmer. Der Raum nahm fast die Hälfte des Hauses ein und ging über zwei Stockwerke. Über eine Designertreppe aus Holz und Edelstahl kam man auf eine Galerie, die so breit war wie ein Drittel des Raumes. Tas deutete mit dem Kopf nach oben.

„Da liegt noch eine Matratze, dort kannst du schlafen."
„Danke, Tas. Ich bleibe auch nur eine Nacht und suche mir dann etwas anderes."
Sie sah mich fast böse an.
„Du bist mein Gast. Und du bleibst, solange du willst. Wenn du etwas brauchst, ich bin auf der anderen Seite des Flurs."
Dann stand ich allein im Wohnzimmer. Ich schleppte mein Gepäck nach oben. Die Treppe war zwar schön anzusehen, doch mit zwei Koffern schlecht zu erklimmen. Die Uhr zeigte mir, dass der Mittwoch nur noch eine halbe Stunde dauerte, bevor er das Wort an den Donnerstag abtrat. Ich balancierte die Treppe herunter, schlich durch den Flur und klopfte an den Rahmen der Tür. Tas rief mich herein.
„Tas, eigentlich möchte ich dir nicht zur Last fallen ..."
„Kein Wort mehr darüber."
Sie klappte das Buch zu, in dem sie gelesen hatte, und ging mit mir zurück ins Wohnzimmer.
„Was zu essen? Zu trinken?"
„Funktioniert dein Herd?"
Sie sah mich schräg an.
„Natürlich, wieso?"
Na ja, natürlich fand ich das nicht. Aber mit Sam befreundet zu sein bedeutete über lang oder kurz, nichts mehr als natürlich zu nehmen. Und alles als besonders.
„Nachdem du mich so lieb aufgenommen hast, würde ich gerne für uns beide kochen. Hast du Hunger?"
Sie blickte mich scharf an.
„Kannst du kochen?"
„Ja."
„Wirklich?"

„Ja!“
„Soll das ein Date werden?“
„Vielleicht.“
„Okay, du hast mich neugierig gemacht. Ich möchte deine Kochkünste in Anspruch nehmen.“
Ich lotste Tas wieder in ihr Zimmer und stellte mich in die Küche. Als ich mir sicher war, dass die Herrin des Hauses in ihrem Zimmer war, schlich ich mich zurück ins Wohnzimmer und zog aus dem Bücherregal ein Kochbuch. Mit diesem bewappnet stürzte ich mich in die Arbeit. Ich nahm mir noch etwas Zeit, alle Schränke durchzusehen, dann begann ich mein Werk.
Im Esszimmer deckte ich den Tisch. Dann holte ich Tas aus ihrem Zimmer, zündete die Kerzen an und brachte das Essen. Spaghetti in Tomatensoße.
„Da hast du dich ja übernommen!“
Ich hatte mir tatsächlich Mühe gegeben und war ein bisschen eingeschnappt. Tas nahm mich in den Arm und tröstete mich lachend. Wir setzten uns und ich verteilte das Essen. Wir schwiegen, während wir aßen. Doch es war nicht dieses peinliche Schweigen. Es war nicht so, dass einer von uns etwas sagen wollte. Es war ein Schweigen wie bei Sonnenaufgang. Tas ließ es sich nicht nehmen, den Tisch ab- und die Spülmaschine einzuräumen. Während sie Weingläser brachte, betrachtete ich noch einmal das Wohnzimmer.
„Woher hast du das Geld für so ein Haus?“
Mit Grissinis und einer Flasche Wein in der einen und zwei Weingläsern in der anderen Hand stand Tas in der Tür.
„Weder das Haus noch das Geld dafür gehört mir. Familienbesitz. Meiner Familie gehört ein Park in Lugano in

der Schweiz. Der Tassino-Park. Unter anderem. Komm, wir gehen auf das Dach."
Ich folgte ihr eine schmale Treppe hoch auf einen geräumigen Dachboden, in dem vereinzelte Kisten standen. Ein Kamin verlief durch die Mitte des Raumes. Während auf einer Seite geräumige Fenster eingebaut waren, die selbst jetzt den Raum durch das Mondlicht hell beleuchteten, befand sich auf der anderen Seite ein alter Schreibtisch, dessen Farbe mehr abgeblättert als noch vorhanden war. Eines der vorderen Beine war mit einem alten Buch unterlegt, damit der Tisch nicht wackelte. Auf dem Tisch standen eine Petroleumlampe und ein Tintenfässchen samt Feder. Vor dem Schreibtisch stand ein alter Küchenstuhl. Es könnte auch ein Terrassenstuhl gewesen sein. Darüber war ein kleines Dachfenster, welches gerade genug Licht hindurch ließ, um die ganze verstaubte Szenerie gefroren wirken zu lassen.
Fasziniert betrachtete ich das Bild. Fast erwartete ich, einen Mann aus dem Dunkel schlurfen zu sehen. Ein Mann mit blassgrünem Überwurf mit weitem Ausschnitt, darunter eine burgundrote Sammetjacke und ein weißes Rüschenhemd. Hautenge Kniehosen würden die Beine verdecken und dünne Lederschuhe mit goldenen Schlaufen würden Spuren im Staub hinterlassen. Vor meinem inneren Auge tauchte das Bild eines jahrhundertealten Goethe auf. Ohne Perücke mit wenigen Haaren an seinem Schreibtisch sitzend, versuchend, ein zweites Werk wie den Faust zustande zu bringen, doch daran scheiternd. Und doch nie aufgebend. Ich wartete, bis Tas mich auf die andere Seite des Raumes rief. Doch der alte Goethe erschien nicht. Tas hatte eines der großen Fenster geöffnet und stieg auf das Dach.

„Wir haben das als Kinder immer gemacht, wenn wir hier waren. Mein Vater merkte, dass er uns das nicht ausreden konnte, also baute er eine Plattform unter das Fenster, die uns schützen sollte."
Tatsächlich befand sich direkt unter dem Fenster eine massive Holzkonstruktion mit kleinem Geländer. Geschickt schwang Tas auch das zweite Bein aus dem Fenster.
„Siehst du die Decken dort? Bringst du sie mit?"
Ich nahm zwei Decken aus einem Karton neben dem Fenster und kletterte Tas nach. Eingepackt in die Decken saßen wir im Schneidersitz auf dem Dach und beobachteten die Sterne. Der Korken des Weins ploppte durch die Dunkelheit. Tas machte beide Gläser voll und reichte mir eines.
„Auf was stoßen wir an?"
Ich überlegte.
„Auf dass heute Mittwoch ist."
„Aber das ist doch nichts Besonderes."
„Dann sollten wir es zu etwas Besonderem machen."
Sie lächelte, sah mir in die Augen und stieß mit mir an. Wir plauderten, schwiegen, neckten uns und tranken Wein. Robert Louis Stevenson sagte einmal, Wein sei Poesie in Flaschen. Und je leerer diese Flasche wurde, desto poetischer wurden unsere Worte. Früh am Morgen gingen wir ins Bett. Die Kälte zwang uns dazu. Im Wohnzimmer drückte Tas mir wieder ihren geküssten Zeigefinger an die Wange.
„Gute Nacht, Will."
„Schlaf gut, Tas."
Ich ging kurz ins Bad und balancierte dann die kleine Treppe hoch zu der Matratze, auf der ich schlafen würde.

Sie war allemal gemütlicher als Sams Sofa. Und die Gesellschaft war mir auch lieber.
In Gedanken stand ich von meinem Lager auf, schlich die kleine Treppe herunter und die große wieder hoch. Ich sah Tas' leeres Schlafzimmer und Licht, das durch die angelehnte Badtür schien. Dann öffnete sich die Tür und Tas im Nachthemd kam heraus. Gut aussehende Frauen im Nachthemd, davon sollte es einen Kalender geben. Ich legte mich neben sie und verbrachte die Nacht mit ihr. In Gedanken. In Wahrheit lag ich immer noch auf meiner Matratze. Und dann musste ich plötzlich an Tina denken.

Tina war ein Mädchen aus Rheinland-Pfalz. Ich habe nie ihre Stimme gehört oder ihre Hand geschüttelt. Trotzdem war sie in gewisser Weise schuld daran, dass ich nun hier lag.
Es war unsere Abschlussfahrt in der Oberstufe. Nach Rom. Meine erste Woche Rom. Und meine letzte. So eine hässliche Stadt. Und so dreckig! Überall die rücksichtslosen Rollerfahrer. Da wir fast 20 Stunden Fahrt nach Hause hatten, sind wir nachmittags um fünf in den Bus gestiegen. Es war kurz vor oder kurz nach dem Gotthard-Tunnel, als wir in einen Stau kamen. Der ganze Bus schien zu schlafen, abgesehen von mir und dem Busfahrer. Mein Kopf lehnte am Fenster und ich beobachtete den Verkehr und die Autos um uns herum. In Schrittgeschwindigkeit fuhren wir an einem anderen Reisebus vorbei, der auch aus Deutschland kam. Wie bei uns waren bei vielen Fenstern die Vorhänge zugezogen oder Kissen an die Fenster gedrückt. Eine Zeitlang fuhr der Bus neben uns her. Plötzlich entdeckte ich ein Gesicht, das wie meines gedankenverloren aus dem Fenster sah. Und als ob sie meine Blicke gespürt hatte, sah mich das Mädchen an. Aus einem

Reflex heraus hob ich die Hand und winkte ihr zu. Sie zögerte und winkte zurück. Die Busse rollten nebeneinander her, wir sahen uns an. Ich kramte in meinem Rucksack nach meinem Block und dem Edding und schrieb in großen Buchstaben:

WILLST DU NICHT SCHLAFEN?

Ich drückte den Block neben mein Gesicht. Das Mädchen suchte ihrerseits etwas. Unser Bus beschleunigte und ich verlor sie aus den Augen, nur um sie kurz darauf wieder neben mir zu finden. Neben ihr Gesicht hielt sie ein Blatt:

WOLLEN SCHON – ABER NICHT KÖNNEN

Ich nahm ein neues Blatt.

WARUM?

Langsam kam Leben in den Stau.

ICH KANN NIE IM BUS SCHLAFEN

Dann standen wir plötzlich still. Nebeneinander. Getrennt durch zwei Meter Luft und zwei Glasscheiben. Sie nahm das Blatt wieder runter.

WIE HEISST DU?

In Großbuchstaben schrieb ich meinen Namen und zeigte ihn ihr. Sie schrieb wieder.

SCHÖNERNAME

Ich nahm ein neues Blatt und schrieb:

UND WIE HEISST DU?

Ich hielt es an die Scheibe, doch es war Bewegung in die Busse gekommen. Ich sah noch die Rücklichter und das Nummernschild. Dies und den Namen der Firma schrieb ich mir auf. Irgendwann später überholten wir den Bus. Doch es ging so schnell, ich sah das Mädchen nicht.

Ich wusste nichts über sie und vielleicht war es gerade das, was sie so interessant machte. Kaum war ich zu Hause, suchte ich nach der Telefonnummer des Reiseunternehmens. Dort rief ich an und sagte, was ich wusste: Einer ihrer Reisebusse, das Kennzeichen, die Uhrzeit, und die Richtung. Bestände die Möglichkeit, zu erfahren, wer in dem Bus saß? Die Frau am anderen Ende des Hörers gab mir bereitwillig Auskunft. Eine Oberstufenfahrt nach Rom. Sie nannte mir die Klasse und das Edith-Stein-Gymnasium in Speyer samt Adresse. Ich bedankte mich und legte auf.

Da läuft man eine Woche lang durch die gleiche Stadt und man bemerkt sich erst im Stau auf der Rückfahrt nach Deutschland.

Doch wäre mir das Mädchen überhaupt aufgefallen, wenn ich sie am Kolosseum oder sonst wo gesehen hätte? Ich schrieb einen Brief an:

Das Mädchen, das im Bus nicht schlafen kann.
Noch nie hat mich ein Stau so gefreut wie dieser von Rom nach Hause. Unser Schreibgespräch wird mir wohl lange in Erinnerung bleiben, doch würde ich gern noch eine letzte Frage beantwortet haben, deswegen schreibe ich dir diesen Brief.
Mit freundlichen Grüßen - William

Ich schrieb meine Adresse darunter und legte das Blatt mit

UND WIE HEISST DU?

dazu, faltete beides und steckte es in einen Umschlag, den ich mit ‚Für das Mädchen, das im Bus nicht schlafen kann.' beschriftete. Dann schrieb ich noch einen zweiten Brief:

Lieber Leser,
wären Sie so freundlich, diesen Brief ihrer Romfahrtklasse vorzulesen und beiliegenden Umschlag dem Mädchen, das im Bus nicht schlafen kann, zu geben?
Mit aufrichtigen Grüßen - William

Den Brief und den ersten Umschlag steckte ich in einen zweiten Umschlag, beschriftete ihn mit der Adresse der Schule und frankierte ihn. Ich hatte keine große Hoffnung, dennoch wollte ich diesen Umschlag einwerfen. Kurz darauf fuhr ich mit Freunden nach Montenegro. Als ich zwei Monate später wieder nach Hause kam, lag ein Brief auf meinem Bett. Ich öffnete ihn und mir fielen ein Blatt und ein Umschlag in die Hände. Ich faltete das Blatt auf:

TINA

Dieses Blatt hing lange Zeit an der Wand meines Zimmers an der Stelle, an der zuvor Arnie und vor ihm der rote Bus gehangen hatten. Ich öffnete den Brief und damit begann eine lange Brieffreundschaft. Durch eben diese Brieffreundschaft bin ich zum Schreiben gekommen. Durch Tina habe ich gemerkt, dass es mir besser gelingt, Worte auf Papier zu bannen, als sie auszusprechen. Und jetzt lag ich wegen ihr auf der Galerie von Tas. Ich musste mir eingestehen: Ich war ihr dankbar dafür.

Ich hatte die Augen geöffnet, lange bevor ich merkte, dass ich wach war. Ich hatte von einem alten Goethe geträumt, der mit mir philosophierte. Ich fragte ihn, wie er so alt geworden war, und er sagte mir:
„Keine Kunst ist's, alt zu werden. Kunst ist's, es zu ertragen. Eben wenn man alt ist, muss man zeigen, dass man noch Lust hat zu leben."
Wir redeten bis zum Morgen und mit den zwitschernden Vögeln wachte ich auf.
„Guten Morgen."
Ich hob meinen Kopf und sah durch das Geländer der Galerie Tas in der Tür stehen.
„Morgen."
„Frühstück ist fertig, komm runter."
Ich setzte mein Morgenlächeln auf und wartete, bis sie wieder verschwand, dann sprang ich von der Matratze auf und zog mir meine Jeans an. Ich setzte mich zu Tas an den Tisch. Sie trug das Disney-Shirt vom Tag zuvor und eine lockere Leinenhose. Als ich mich setzte, stand sie auf.
„Tee? Kaffee?"

„Kaffee, bitte."
„Bedien dich."
Das tat ich. Brötchen hatte ich lange nicht mehr zum Frühstück bekommen.
„Was machst du heute?"
„Ich muss für die Uni noch lernen. Kannst du dich eine Zeit lang allein beschäftigen?"
Die Zeit konnte ich gut nutzen, um eine neue Geschichte zu schreiben.
„Ich brauche nur einen Tisch und eine Steckdose, dann könnte ich auch ein bisschen arbeiten."
„Du kannst dich im Wohnzimmer breit machen. Dort findest du alles, was du brauchst. Wenn du Hunger hast, nimm dir aus der Küche, was da ist. Und wenn irgendwas ist, stör mich, ich freue mich darauf."
Sie zwinkerte mir zu und stand mit der Tasse in der Hand auf.
„Tas?"
Sie drehte sich noch mal um.
„Könnte ich den Tisch auf dem Dachboden benutzen?"
Sie schmunzelte.
„Ist mir schon gestern aufgefallen, dass dir das alte Ding gefallen hat. Mein Vater sagt immer, er hat einmal Schiller gehört. Den soll er hier gelassen haben, als er damals aus Stuttgart geflüchtet ist. Das halte ich aber eher für ein Gerücht. Natürlich kannst du auch dort arbeiten. Ich würde dir aber raten, erst kurz abzustauben, bevor du dein Arbeitsgerät aufbaust. Und Strom musst du von unten verlängern."
Tas zeigte mir, wo ich alles fand, dann verschwand sie in ihrem Zimmer. Bald war ich voller Staub, dafür waren aber der Stuhl, der Schreibtisch und das Fenster darü-

ber sauber. Kurz darauf saß ich mit iBook und Strom auf dem Stuhl. Dieser Arbeitsplatz hatte zugegebenermaßen etwas Atmosphärisches. Er war genauso dunkel und schummrig wie die Räume, in denen meine Geschichten wahrscheinlich gelesen wurden. Und hier konnte ich schnell reagieren, falls Tas mich besuchen kommen wollte. Zurückgelehnt schaute ich mir durch das kleine Fenster über mir den Himmel an. Ich hatte es zwar geputzt, doch richtig sauber war es trotzdem nicht.

Ich brauchte eine neue Pornogeschichte. Ich blickte zu dem Loch im Boden, das herunter führte. Warum nicht die letzte Nacht verarbeiten? Ich skizzierte hastig den groben Rahmen. Ein Mann wird von seiner Freundin betrogen und rausgeschmissen und kommt zu einer Bekannten, die ihn aufnimmt. Dort verbringen sie den Abend auf dem Dach, auf dem es schon ernste Annäherungen gibt, dann schleicht er sich später ins Schlafzimmer und verführt sie. Nein, noch besser. Ich musste an Rahel denken. Er liegt auf dem Sofa und sie kommt und verführt ihn. Der Rahmen stand. Und plötzlich stellte sich ein unangenehmes Gefühl bei mir ein. Jetzt war es mehr als 15 Jahre her, dass Maja mich verführt hatte. Ich habe in den 15 Jahren mindestens so viel erlebt wie meine ganzen Mitbürger auf Mutter Erde auch. Davon war die Zusammenkunft zweier Menschen die schönste Sache der Welt. Und doch: Je gehobener die Gesellschaft, desto mehr wird sich über Sex ausgeschwiegen. Als ob jeder von ihnen im Reagenzglas entstanden ist. Jeder kennt die Wahrheit, doch keiner redet darüber.

Eigentlich wollte ich darauf gerade gar nicht zu sprechen kommen. Eigentlich wollte ich sagen, für mich war Sex so eine schöne Sache und dennoch produzierte ich so einen Müll über Sex. Das verursachte ein sehr ungutes Gefühl in mir. Ich wollte das so schnell wie möglich beenden. Doch dafür musste ich diese und eine weitere Geschichte schreiben.

Je mehr ich meiner Erinnerung mit Tas ein neues Gewand gab und sie in meine Tastatur tippte, desto mehr dachte ich über Tas nach. Die Geschichte formte sich im Grunde zu einer Wunschvorstellung. Gerne würde ich Tas näher kommen. Sie berühren. Ihr Gesicht sehen, wenn ich die Augen aufschlage. Doch wie konnte ich eine romantische Vorstellung von Beziehung im Kopf haben und gleichzeitig niveauloses Geplänkel über Sex vom Stapel lassen? Ich musste erst das eine zu Ende bringen, bevor ich das andere in Angriff nehmen konnte. Vor meinem inneren Auge lächelte Tas mich an. Schade. Kurz vor der Mittagszeit begab ich mich in die Küche und bereitete ein einfaches Mittagessen. Reis, dazu eine Gemüsesoße und einen kleinen Salat. Angelockt vom Geruch kam Tas in die Küche.

„Du bist schon wieder am Kochen?“

Sie nahm sich ein Messer und die Paprika und half mir. Ich erzählte ihr von Emma, Violet, Martin, meinen zwei Wochen bei ihnen und dass ich dort angefangen hatte zu kochen. Während ich von unserer Radtour zum Baggersee und von den Spieleabenden erzählte, merkte ich, wie sehr ich die drei vermisste. Emma mit ihren kurzen Haaren und dem Mundwerk, das immer ausplapperte, was gerade durch ihren Kopf fuhr. Violet, die schweigsame und aufmerksame, und Martin mit seinen Jugendproblemen, die meinen eigenen nicht unähnlich waren.

„Du vermisst sie, hm?“

„Unglaublicherweise. Weißt du, Linda, meine Exfreundin …“
Das war das erste Mal, dass ich Linda als Exfreundin bezeichnete. Und ich hatte dabei kein Gefühl der Wehmut.
„Was ist mit ihr?“
„Sie sagte immer, man muss sich zwischen Kindern und der Zeitung am Morgen entscheiden, denn beides hat am Küchentisch keinen Platz. Sie hatte sich für die Zeitung entschieden. Bis vor zwei Wochen habe ich mich auch für die Zeitung entschieden. Jetzt würde ich mich für die Kinder entscheiden. Eindeutig.“
Schweigend aßen wir und spülten ab. Beziehungsweise Tas bestand darauf abzuspülen, und so erklomm ich wieder die Leiter nach oben an den alten Schreibtisch. Eine Weile saß ich auf dem Stuhl und starrte auf meine Geschichte. Dann stieg ich die Leiter wieder herunter und klopfte gegen den Türrahmen von Tas' Zimmer.
„Tas, kann ich dein Telefon kurz benutzen?“
„Klar, hier.“
Sie hielt mir das Telefon hin, das wie ein altes Handy wirkte. Es muss eines der ersten schnurlosen Telefone gewesen sein.
„Danke.“
Ich setzte mich im Wohnzimmer auf das Sofa und ließ es bei Sam klingeln.
„Hier Sam, wer stört?“
„Hey Sam, hier ist Goofy.“
Mehr konnte ich nicht sagen, er hatte schon wieder aufgelegt.
Dann rief ich bei Sara an, in der Hoffnung, dass sie nicht zuhause war.
„Wayfarer?“

Erleichtert atmete ich aus.
„Hey Tin, hier ist Will."
„Hallo! Wie geht's dir, wo bist du?"
„Ist Sara da?"
„Nein, die ist gerade einkaufen mit Violet. Wart mal, Emma will dich sprechen."
„Onkel Willi!"
„Hallo meine Süße, wie geht's dir?"
„Gut geht's mir! Mama hat mir eine Uhr gekauft. Wo bist du? Ich vermisse dich."
„Ich bin bei Tas."
„Bei Tas? Ich hab's doch gewusst, du hast dich verliebt! Das muss ich gleich Lila erzählen."
Ich lachte.
„Gut, aber erzähl nur nichts deiner Mutter, okay?"
„Ja. Soll ich dir Tin wieder geben?"
„Ja, bitte. Ciao Emma und grüß mir Violet! Und Mama nicht sagen, dass ich angerufen habe, okay?"
„Ja. Tschüß, Onkel Willi!"
„Ich bin wieder dran."
Ich erzählte, dass auch Sam mich rausgeschmissen hatte und dass Sara nur noch mehr verärgert über mich wäre, wenn sie wüsste, wieso.
„Ach, Mama regt mich gerade auch auf."
„Warum?"
„Weil hier an einem Tag Lena und Tabea hintereinander angerufen haben und Mama denkt jetzt, ich spiele mit den Mädchen. Und nun ist sie sauer auf mich und lässt mich nicht einmal erklären."
„Reden wir ein andermal darüber? Ich will hier nicht so lange telefonieren."
„Ja, ist okay. Melde dich mal."

„Ja. Wenn was ist, Emma weiß, wie man mich finden kann. Bis bald, Tin."
Ich legte auf, stellte das Telefon auf die kleine Kommode im Flur und verzog mich wieder hoch an den Rechner. Obwohl ich eigentlich gut geschlafen hatte, fühlte ich mich nun elend und müde. Nicht fähig, die Geschichte weiterzuschreiben. Nicht, dass es an Idee oder an Inspiration gemangelt hätte, aber die Motivation hatte sich gut versteckt. Kurz darauf sah ich ein: Es hatte keinen Zweck. Das war eines der Probleme mit dem Schreiben. Oft ist man dann motiviert, wenn man nicht die Möglichkeit zum Schreiben hat. Und wenn man die Zeit hat, dann küsst einen die Muse nicht.

Linda hatte sich immer aufgeregt, wenn ich nachts aufgestanden war, um etwas, das mir durch den Kopf ging, aufzuschreiben. Es gab eine Zeit, in der ich fast jede Nacht aufgestanden bin und geschrieben habe. Im Gegenzug dazu habe ich den halben Tag verschlafen. In einer Nacht hatten wir uns gerade geliebt, als ich direkt danach aus dem Bett sprang und den PC anmachte. Das war der bekannte Tropfen. Linda flippte aus.
„Warum habe ich mir einen Künstler herausgesucht? Du schreibst und sitzt den ganzen Tag vor dem Scheiß-Computer und starrst auf den Bildschirm und du verdienst nichts. Glaubst du wirklich, dass du irgendwann damit Erfolg haben wirst? Du flüchtest und musst dich nie der Realität stellen. Du Kind!"
Mit wütendem Schweigen warf sie sich einen Mantel über und schlug die Tür hinter sich zu. Und ich nur mit Boxershorts bekleidet hinterher. Es muss so drei Uhr morgens gewesen sein. Wären wir in Stuttgarts Innenstadt gewesen, wäre auf den Straßen noch viel los gewesen. Doch hier am Stadtrand hallten

die nackten Füße einsam auf dem Asphalt. An einer Straßenecke erwischte ich sie.
„Linda! Was machst du?"
Linda sah mich böse an, dann schrie sie.
Kein Angstschrei, kein Aufschrei, sondern ein lang anhaltender Schrei. Bis ich ihr den Mund zuhalten konnte, gingen in den Stockwerken verschiedener Häuser an der Ecke die Lichter an. Linda funkelte mich an, doch jetzt war es eher verschmitzt als wütend.
„Ich würde sagen, wir verschwinden."
Wir rannten los. Hand in Hand. Lachend kamen wir bei der Wohnung an, nur um festzustellen, dass weder sie noch ich an den Schlüssel gedacht hatten. Lindas Wohnung befand sich im ersten Stock und auch wenn Fenster offen waren, kam man kaum an sie heran. Wir umrundeten das Haus und fassten den Entschluss, dass ich an der Regenrinne hochklettern musste.
„Du hast uns das hier ja eingebrockt."
Ich wollte den Frieden zwischen uns nicht gleich wieder brechen. Also erklomm ich in Boxershorts die Regenrinne und kletterte durch das offene Fenster in die Küche. Ich öffnete Linda und wir verschwanden deutlich unterkühlt im Bett.
Aufgekratzt durch das nächtliche Rennen, schliefen wir ein weiteres Mal miteinander. Meine Idee, wegen der ich in der Nacht aufgestanden war, hatte ich längst vergessen.

Ich ging die Treppe herunter und klopfte an Tas' Türrahmen.
„Was machst du heute noch?"
„Ich treffe mich später mit ein paar Freundinnen."
„Ich gehe jetzt ein bisschen spazieren, möchtest du mit?"
„Ich kann nicht."

Das Bedauern in ihrer Stimme war echt.
„Ich muss noch arbeiten. Aber treffen wir uns heute Nacht im Wohnzimmer? Um eins?“
„Spätestens.“
Sie schickte mir einen Luftkuss, den ich auffing. Wir hatten nun Nachmittag und ich hoffte, noch einmal mit Motivation schreiben zu können. Auf dem kürzesten Weg ging ich in den Schlossgarten.
Früher saß ich gerne hier und ließ mich von den Ereignissen um mich herum begeistern. Und auch heute kann ich im Garten am besten denken. Meine Gedanken kreisten um Tas. Der Moment im Türrahmen. Ich hätte ihr beinahe einfach alles erzählt. Ich denke, wenn sie in diesem Moment mitgekommen wäre, dann hätte ich ihr alles gebeichtet. Ich blieb stehen. Mitten auf einer Kreuzung. Ein älterer Herr mit Hund musste ausweichen. Ich musste umdrehen. In das Haus stürmen und ihr alles erzählen, bevor es noch komplizierter wurde.
„William Wayfarer.“
Ich drehte mich um. Vor mir stand Maja. Ich hatte sie bestimmt fünf Jahre nicht gesehen und nun war sie plötzlich da. Obwohl die letzten Ereignisse mit ihr nicht schön waren, konnte ich nicht anders, als mich zu freuen. Ich habe Maja nie lange böse sein kein können, auch wenn ich manche Male allen Grund dazu hatte. Jetzt kam sie auf mich zu, nahm mich in den Arm und meine Nase füllte sich mit dem alten vertrauten Geruch ihrer Haare. Sie ließ mich wieder los und strahlte mich an.
„Wie geht es dir, William?“
Wie es mir ging? Ich hatte ein paar riesige Probleme und noch einige würden folgen.

„Gut geht's mir, Maja. Und selbst?"
„Immer alles gut! Hast du jetzt was vor? Hast du Lust, mit mir einen Kaffee trinken zu gehen?"
Ich weiß nicht mehr, ob ich ja gesagt hatte, aber Maja hängte sich ein und zog mich am Planetarium vorbei.
„Warum bist du in Stuttgart?"
„Alte Bekannte wie dich treffen. Ich habe ein Zimmer auf der Königsstraße. Willst du nicht mitkommen?"
Und schon waren wir auf dem Weg zu ihr.

Fünf Jahre vorher war ich gerade ein halbes Jahr mit Linda zusammen, als ich abends in einem Restaurant Maja alleine sitzen sah. Ich sah sie durch die beklebten Scheiben an. Sie hatte nichts von ihrer Faszination verloren. Und ich dachte, um der alten Zeiten willen sage ich ‚hallo'. Sie lud sich damals zu mir ein, Linda war mit Geschäftskollegen essen gewesen, und wir redeten und tranken Wein. Sie hatte sich gerade von ihrem Freund getrennt und suchte Geborgenheit. Ich erzählte ihr von Linda und mir. Wie glücklich ich war. Sie öffnete die zweite Flasche und fragte mich, ob ich mich noch an die alten Zeiten erinnerte, die Party. Als die Flasche leer war und ich aufstand, um eine neue zu holen, spürte ich bekannte Finger an meinem Rücken, sich den Weg nach vorne bahnend. Ich drehte mich um und wollte protestieren, doch sie küsste mich und ich roch ihre Haare und es war um mich geschehen. Maja war meine große Versuchung. Wir machten uns nicht einmal die Mühe, uns ganz auszuziehen.
Linda merkte nichts, als sie nach Hause kam. Sie hat es auch nie erfahren. Dazu hatte ich nie den Mut.

Dieses Mädchen, das inzwischen zu einer schönen Frau geworden war, zog mich wieder an sich.

„Dieses Mädchen, mit dem du vor fünf Jahren zusammen warst, was ist mir ihr passiert?"
„Sie hat vor drei Wochen Schluss gemacht."
„Oh, das tut mir Leid."
„Schon okay. Und was macht die Liebe bei dir?"
„Robert heißt er. 45 Jahre alt. Er kommt morgen früh hierher. Er hat mich für ein verlängertes Wochenende nach Stuttgart eingeladen. Hat hier eine Ferienwohnung. In Stuttgart ..."
Sie schüttelte den Kopf und zeigte auf ein Haus, das direkt vor uns lag. Mit dem Fahrstuhl ging es direkt in die Wohnung im Dachgeschoss.
„Arm ist er nicht."
„Keinesfalls. Doch kein Wort mehr über Unbekannte. Was hast du die letzten fünf Jahre gemacht?"
Wir landeten auf der Terrasse, wir und der Wein. Wieder Wein. Wir ließen die letzten Jahre unseres Lebens Revue passieren. Während des Sonnenuntergangs über Stuttgart schwiegen wir. Als es dunkel und kalt wurde, verzogen wir uns aufs Sofa. Schon wieder das Sofa. Maja saß mir erst gegenüber, dann neben mir und dann auf mir. Ihre Haare. Der Geruch. Ihre Lippen, die mich küssten. Tas. Mit flinken Fingern öffnete sie mein Hemd. Dann zog sie sich ihr Top über den Kopf und ließ den BH herunterrutschen. Die Ballettlehrerin. Maja küsste meinen Oberkörper und öffnete dann die Hose. Wie heißt Tas eigentlich mit Vornamen? Maja stand auf und zog unter dem Rock den Slip aus. Ich hob kurz meine Hüfte, damit sie die Hose und die Boxershorts herunterziehen konnte. Sie setzte sich langsam auf meinen Schoß. Tas! Ich griff unter Majas Schenkel und verhinderte, dass ich in sie eindrang. Dann hob ich sie neben

mich. Verständnislose Blicke folgten meinen Bewegungen, als ich die Hose wieder hochzog und das Hemd wieder zuknöpfte. Ich beugte mich zu Majas Ohr.
„Danke. Ich werde dich in guter Erinnerung behalten."
Dann verschwand ich im Fahrstuhl. Ich musste zu Tas. Ich musste ihr alles beichten. Dann erst könnte sie mir vertrauen. Ich hatte keine Uhr an, aber es musste gerade Freitag geworden sein. Vielleicht war Tas schon wieder da. Ich eilte aus der Tür und als ich mich umdrehte, sah ich Majas Schatten, der mir zuwinkte. Teufel!

Ich sah im Wohnzimmer Licht brennen. Vielleicht waren Tas Freundinnen noch da? Dann würde ich hochgehen und warten, bis sie weg waren. Ich klingelte und Tas öffnete. Der Rotwein und die frische Luft vernebelten meine Sinne. Der Sprint zurück zu Tas machte es auch nicht besser.
„Hey Tas. Stör ich? Wir müssen reden."
Tas ging nicht zur Seite.
„Ich weiß."
Hinter ihr sah ich meine Koffer stehen. Gepackt.
„Was ist los?"
„Du hast deinen Laptop angelassen."
Ich lehnte mich gegen das Treppengeländer. Und lies den Kopf hängen. Warum stand ich nie in den Türrahmen, wenn die Erdbeben kamen?
„Scheiße!"
Tas nickte ernst und traurig.
„Du kommst hierher und schleimst dich ein und schreibst dann auch noch eine Geschichte über mich.

Wer sind die anderen Mädchen, die in den anderen Geschichten vorkommen? Hast du jede verletzt?"
„Tas, du verstehst das falsch."
„Bist du nur auf der Suche nach neuem Stoff, den du schreiben kannst?"
Ich schwieg. War nicht ... Aber auch ... Aber eigentlich nicht. Meine Gedanken und Gefühle ergaben nicht mal für mich Sinn. Wie sollte ich es dann ihr erklären?
„Tas, es tut mir leid."
„Mir auch. Mir tut es leid, dass ich auf dich hereingefallen bin. Ich hab dir alles wieder eingepackt und die Geschichte gelöscht. Auf Wiedersehen."
Sie stellte die beiden Koffer heraus und schlug die Tür zu. Die Koffer polterten an mir vorbei die drei Treppenstufen herunter.
„Tas?"
Keine Reaktion. Und wieder stand ich auf der Straße. Es war nachts und ich hatte nach wie vor kein Geld. Vielleicht lag es am Alkohol, aber ich musste lachen. Wenn es nicht so traurig wäre, wäre es lustig. Ich dachte, irgendwann kann ich darüber lachen, warum dann nicht schon jetzt?

Wo sollte ich nun hin? Ich hätte zu Maja gehen können, doch das wollte ich nicht. Also schleppte ich meine Koffer quer durch Stuttgart zum Landespavillon und wollte dort die Nacht verbringen. Als ich unter den Bäumen hindurch durch den Park ging, sah ich den jungen Tod auf einer Bank sitzen. Die Glut seiner Zigarette leuchtete in der Nacht.

„Du kommst oft hierher, hm?“
Ich stellte meine Koffer ab und ließ mich neben ihn fallen.
„Das Gleiche könnte ich von dir sagen.“
Alex blickte verträumt auf die Ringe, die aus seinem Mund kamen.
„Was befindet sich in den Koffern?“
Ich lehnte die mir angebotene Zigarette ab und erzählte, was alles seit unserem letzten Treffen passiert war. Alex hörte zu und zündete sich von Zeit zu Zeit neue Kippen an. Als ich geendet hatte, klopfte er mir auf die Schultern.
„Irgendwann würde ich doch zu gerne deine pornografisch angehauchten Werke genießen.“
Er stand auf, nahm einen der Koffer und ging los.
„Folge mir, Droog.“
Ich schnappte mir meinen zweiten Koffer und folgte Alex. Als ich neben ihm lief, hielt er mir eine Packung Black Death hin.
„Könntest du kurz die Packung halten?“
Ich nahm sie ihm ab, dann zog er eine Zigarette heraus und steckte sie in den Mund, zündete sie an und nahm mir die Packung wieder ab.
„Danke.“

Später erfuhr ich, dass zu dem Zeitpunkt, als Tas mich rauswarf, Martin genug von Sara bekam und abhaute. Er nistete sich bei Tabea ein, ohne Bescheid zu geben.

Alex führte mich zu einem kleinen Haus im Bohnenviertel und dort in den Keller.

„Hier wohnst du?"
„Hier wohne ich."
Eine Zweiraumwohnung mit Küche, Bad und kaum Licht. Wo bei Sam alles vollgestellt war mit Kisten, war hier eine Flut an Büchern zu finden. Billy-Regale standen Seite an Seite an den Wänden und quer im Raum. Im zweiten Zimmer befand sich, umgeben von Büchern, ein Bett. Im ersten Raum stand zwischen den Regalen ein alter Sekretär und mitten im Raum noch ein Sofa, das mir als Schlafstätte dienen sollte.
„Hat der Vormieter dagelassen, kannst drauf schlafen Ich wünsche eine genehme Nacht, William."
„Dito, Alex."
Ich lag lange wach. So bequem war die Couch dann doch nicht. Ich hoffte, ich würde nicht die Zeit haben, mich daran zu gewöhnen. Ich hatte mich bei einigen Menschen zu entschuldigen und musste noch viel erklären. Dazu musste ich Kräfte sammeln. Vielleicht sollte ich auch noch ein bisschen Gras über die Sache wachsen lassen. Meine Gedanken verschwommen zu Träumen.
Irgendwann am nächsten Tag wachte ich auf. Alex stand auf der anderen Seite des Raumes am Pult.
„Gut geschlafen?"
„Es ging, danke."
„Hunger?"
„Ein bisschen."
Alex hob mir eine Tüte hin.
„Frisch vom Bäcker."
„Danke."
Schweigend aß ich die drei Brötchen und die Brezel, dann gesellte ich mich zu Alex an den Sekretär. Er las

ein Buch. Eines der vielen aus dem Raum. Ich blickte mich um. Auffällig an den Büchern war, dass es meist neue und fast alles Taschenbuchausgaben waren.
„Was zählt, ist nicht das Papier, nicht worauf, sondern was geschrieben ist. Es geht um die Worte selbst. Aus diesem Grund wähle ich die günstigsten Druckwerke. Der Großteil der Bücher sind Mängelexemplare."
„Kannst du Gedanken lesen?"
„Du bist nicht der erste, der die Frage stellen wollte."
„Und was machst du mit den Büchern?"
„Ich lese sie. In diesem Raum befinden sich die Bücher, welche ich noch nicht gelesen habe. Mein Schlafgemach dagegen ist gefüllt mit Büchern, welche ich schon kenne."
„Und das machst du den ganzen Tag? Lesen?"
„An dieser Stelle ein freundlicher Gruß an Vater Staat und Peter Hartz."
„Kannst du mir ein gutes Buch empfehlen?"
Wir verbrachten den Tag mit Lesen, Reden und Essen. Je mehr ich las, desto motivierter wurde ich, wieder selbst zu schreiben. Ich suchte mir eine Steckdose und setzte mich vor mein digitales Papier. Da Tas die Geschichte gelöscht hatte, musste ich sie noch mal schreiben. Doch ich hatte Skrupel davor, meine Erlebnisse mit Tas ein weiteres Mal zu verwenden, wo ich sie doch damit so sehr verletzt hatte. Also schrieb ich eine neue Geschichte, wieder mit Maja als Hauptperson. Und Stuttgart als Liebesnest. Besser gesagt, dem Schlossgarten. Irgendwann saß Alex hinter mir und sah mir über die Schulter. In unregelmäßigen Abständen gab er Kommentare und Verbesserungsvorschläge ab. Anfangs störte ich mich daran, doch ich merkte, dass Alex durch die vielen Bücher einen Riecher bekommen hatte, wie eine

gute Geschichte auszusehen hatte. Also las Alex, was ich schrieb, dann verbesserte ich, was er korrigierte. Indes versuchte Sara, auf irgendeine Weise mit Martin in Kontakt zu kommen. Doch dieser hatte sein Handy zu Hause gelassen. Sie ahnte zwar, dass er bei Tabea untergekommen sein könnte, wusste aber nicht, wo diese wohnte. In ihrer Verzweiflung versuchte Sara auch mich zu erreichen. Sie rief bei Sam an, der sie wiederum mit seiner Vaterschaft konfrontierte, aber nicht sagen konnte, wo ich war. Die beiden schrien sich an, bis Sara wutentbrannt auflegte. Emma eröffnete ihr dann, dass ich bei ihrer Ballettlehrerin wohnte. Wieder ein Telefonat später war jeder noch wütender auf mich, aber keiner wusste, wo ich steckte. Oder Martin.

Alex stand vor der Tür und rauchte, ich hatte mir sein Telefon genommen und wollte Tas erreichen. Irgendwo musste ich beginnen und Tas schien mir noch eine leichte Übung zu sein, bevor ich mich bei Sam oder, Gott bewahre, meiner Schwester melden musste. Tas nahm ab.
„Tas, nicht auflegen! Ich muss mit dir reden."
Sie legte nicht auf. Sie schien erst mal froh, mich zu hören. Dann schrie sie mich an. Dann erzählte sie von meiner Schwester und von Martins Verschwinden. Sie befahl mir, mich direkt bei meiner Schwester zu melden. Dann legte sie auf. Das war in jeglicher Hinsicht anders verlaufen als geplant. Ich wählte die Nummer meiner Schwester. Sie schien erst mal froh, mich zu hören. Dann schrie sie mich an. Dann erzählte sie von Martins Verschwinden und ihrem Verdacht, dass er bei Tabea sein

könnte. Ich erinnerte mich an die Fragen von Emma und Violet am Baggersee und sagte ihr Tabeas Wohnort.
„Die Mädchen müssen später ins Ballett gebracht werden. Du verstehst dich doch so gut mit meinem Sohn. Kannst du ihn aufsuchen und nach Hause schicken?"
Ich sah meine Chance, gleich bei mehreren Frauen wieder gut Wetter zu machen.
„Ich kann auch gerne die Mädchen ins Ballett bringen, dann kannst du dich selbst bei deinem Sohn entschuldigen."
„Sagst du das, weil du so ein gutes Herz hast oder weil dein Schwanz die Lehrerin meiner Töchter wiedersehen will?"
Ich schwieg. Sie schnaubte.
„In Ordnung. Du bringst die Kinder zum Ballett, ich suche Martin. Vielleicht bin ich ja auch schon früher wieder da."
„Keine Angst, ich bin da."
Ich legte auf und sagte Alex Bescheid.
„Kommst du mit?"
Er zündete sich eine Zigarette an und winkte ab.
„Ich glaube nicht, dass das sinnvoll wäre. Das musst du schon alleine ins Reine bringen."
„Ich melde mich."
Ich sprang die Treppen hoch und machte mich auf den Weg. Vom Bohnenviertel bis in den Sommerrain war es eine schöne Strecke, die ich sonst gerne spazieren ging. Jetzt aber versuchte ich, so schnell wie möglich zu Sara zu kommen. Der einsetzende Nieselregen trieb mich nur noch mehr an.

Sara hatte ihren Töchtern Bescheid gegeben, dass sie selbst Martin holen gehen würde und ich kommen würde, um sie zum Ballett zu bringen. Die Kleinen freuten sich darauf, mich wiederzusehen, fuhren mit ihren Rädern Kreise durch die ersten Wasserpfützen und warteten vor dem Haus auf mich. Sara diskutierte in diesem Moment mit ihrem Sohn und schwankte zwischen ihrem normalen Verhalten und einer Entschuldigung für ihr normales Verhalten.
Irgendwann wurde es den beiden Mädchen zu doof, im Nieselregen auf mich zu warten. Es war zwar noch viel zu früh, aber sie wollten mir ein Stück entgegenfahren. Stürmisch wie immer preschten sie los und Emma stachelte ihre ältere Schwester wieder zu einem Rennen an. Sie traten beide in die Pedale und auch wenn sie nur für kindliche Verhältnisse rasant waren, schoss Emma zu schnell hinter einer Telefonzelle hervor, als dass der Fahrer des Autos noch irgendwie hätte ausweichen können. Der Fahrer reagierte und zog nach links, aber er riss das Vorderrad von Emma mit. Wie bei ihrem Sturz auf dem Weg zum Baggersee flog das Mädchen über das Rad, schlug auf Motorhaube und Scheibe auf und knallte auf den nassen Asphalt.

Ich kam zeitgleich mit dem Krankenwagen am Unfallort an und war schon fast daran vorbei, als Violet meinen Namen schrie. Ich wirbelte herum und sah sie auf mich zurennen, immer noch den Fahrradhelm auf dem Kopf. Sie sprang weinend in meine Arme und warf mich fast aus dem Gleichgewicht. Hinter ihr kam eine Poli-

zistin auf uns zu. Sie identifizierte mich, übersetzte das Schluchzen des Mädchens und ich realisierte, dass der Körper auf der Trage meine Nichte war. Sie übergab Violet in meine Verantwortung, nannte mir das Krankenhaus, in welches Emma mit mehreren Frakturen, Schädelbruch und schweren inneren Verletzungen eingeliefert werden sollte. Ich starrte auf das Blut, das vom immer stärker werdenden Regen weggeschwemmt wurde.
Eines der wenigen Male in meinem Leben nutzte ich ein Taxi. Wir fuhren zu Sara und unterbrachen den Streit zwischen Mutter und Sohn. Tränenüberströmt erzählte Violet Sara, was mit Emma passiert war. Dass sie alleine losgefahren waren, dass sie mir entgegen fahren wollten. Weil sie nicht mehr warten wollten. Weil ich noch nicht da war.
Sara blickte mich an und sie verstand, dass ich nicht da gewesen war. Und dann erst, dass ihr jüngstes Kind im Krankenhaus lag. Ich nannte ihr den Namen der Klinik und sie stieg mit ihren Kindern in das Taxi, welches vor der Tür gewartet hatte. Ich stand in der Tür und fühlte mich unsicher. Meine Gedanken rasten und rasteten zugleich. Überschlugen sich. Stolperten über meine eigenen Beine und schlugen auf dem Boden der vergangenen Tage auf. Es war zwar nicht ich, der den Unfall gehabt hatte, aber ich fühlte mich genauso benommen. Unter Schock und orientierungslos. Ich ging zum Telefon und rief Sam an. Ich ignorierte seine Wut und erzählte ihm vom Unfall seiner Tochter. Ich nannte ihm den Namen der Klinik und er legte auf. Während das Besetztzeichen des Telefons gegen meine Ohren trommelte, fiel mir auf, dass ich mich entschieden hatte, bevor mir die Wahl bewusst gewesen war. Sagte ich Sam Bescheid,

würde meine Schwester umso mehr ausflippen. Aber hätte ich nicht Bescheid gesagt, wer weiß, ob Sam seine Tochter dann jemals noch mal sprechen können würde. Und ob er dann jemals noch mal mit mir sprechen würde? Und da der letzte Blick meiner Schwester mich schon getötet hätte, hätte er es können, konnte ich diese Schuld auch noch auf mich laden. Ich legte auf und ging zur Tür, sie stand immer noch offen. Ich schloss sie. Dann öffnete ich sie wieder und verließ das Haus.

—— • ——

Als ich ins Krankenhaus kam, war Sam schon da. Sara sprang auf und rannte auf mich zu.
„Du warst nicht da!"
Sie schlug auf mich ein und schrie mich an, mit rotem Gesicht und ihren kurzen Haaren. Stumm ließ ich die Schläge über mich ergehen, bis Martin und Sam angerannt kamen und sie festhielten. Schwer atmend stand sie vor mir und starrte mich an. Zwei Schwestern beobachteten uns alarmiert.
„Ich kann nichts dafür. Die beiden sind zu früh ..."
Sam und Martin wollten mir das Wort abschneiden, aber Sara war schneller. Sie riss sich los und sprang mich an.
„Du warst nicht da!"
Ich stolperte nach hinten und riss die Arme hoch, um mich zu wehren, doch Sara erwischte mich so hart, dass ich den Halt verlor. Ungebremst schlug mein Kopf auf dem sterilen Klinikboden auf. Dann verlor ich das Bewusstsein.

—— • ——

Kein Alkohol der Welt konnte solche Schmerzen anrichten. Ich stöhnte, griff mir an den Hinterkopf und öffnete die Augen. Sam und ein Mann in Weiß betrachteten mich. Der Arzt leuchtete mir in die Augen, testete meine Erinnerung und meine Reaktion und sagte, man müsse noch das Blutbild abwarten, aber es scheine alles in Ordnung zu sein. Ich solle in den nächsten Tagen langsamer machen.

Sam grinste.

„Ich würde mal behaupten, es steht Eins zu Null für deine Schwester."

Dann wurde er ernst.

„Du weiß, dass es noch Konsequenzen gibt."

Mittlerweile hatte ich eine gewisse Routine, was Konsequenzen anging.

„Emma fragt nach dir, geh zu ihr. Keine Angst, Sara hat ein Beruhigungsmittel bekommen, Violet und Martin sind bei ihr."

Ich erhob mich aus dem Krankenbett und folgte Sam.

„Die Ärzte sagen, sie hat schwere Verletzungen, scheint aber im Moment stabil zu sein. Ihr solltet euch beide nicht überanstrengen."

Leise öffnete ich die Tür. Emma öffnete ihre Augen.

„Onkel Willi."

Das Sprechen fiel ihr schwer.

„Ja?"

„Erzählst du mir eine Geschichte?"

„Was für eine denn?"

„Die Geschichte vom Mädchen vom Regenbogen."

Ich setzte mich auf den Stuhl und erzählte.

Sie gaben Emma noch eine Lebensdauer von einem Monat. Einer von uns war immer im Krankenhaus. Sam hatte seinen Schock überwunden und seine Liebe zu Emma entdeckt. Alles andere war unwichtig geworden. Innerhalb dieser Zeit holte Sam die sechs Jahre nach, die er verpasst hatte. Zumindest versuchte er es, Er erzählte Emma aus seinem Leben. Er blickte sie verliebt an. Er hielt ihre Hand und sah sie hoffnungsvoll an, wenn sie zuckte. Er erzählte, was sie unternehmen würden, wenn Emma wieder gesund war. Bis zur Erschöpfung blieb er in an ihrem Bett, dann schlief er im Wartezimmer ein paar Stunden, nur um sich wieder an Emmas Bett zu setzen.

Ich schlief bei Alex. Er stellte keine Fragen und mir ein Bett zur Verfügung. Ansonsten verbrachte ich die gesamte Zeit im Krankenhaus. Emmas Zustand wurde nicht besser und schwankte zwischen lebensgefährlich und stabil. Immer, wenn ich da war, war ich peinlich darauf bedacht, meiner Schwester aus dem Weg zu gehen. Seit meinem Blackout hatten wir uns nicht mehr getroffen. Und da Sam und Martin der Meinung waren, dass Emma im Moment wichtiger war, koordinierten sie unsere Besuche. Sara ignorierte mich und kümmerte sich um ihre kleine Familie. Es war, als ob die letzten beiden Wochen nie geschehen waren.
Eines Tages aber verließ ich das Krankenhaus, nachdem ich Emma eine Geschichte erzählt hatte, und stand Sara gegenüber. Sie sah mich an. Traurig und wütend. Aber ganz ruhig. So, wie sie mir am meisten Angst machte.

„Du warst nicht da."
„Sara, ich war auf dem Weg, Emma wollte mir entgegenfahren. Ich wäre pünktlich dagewesen, wenn die Mädels gewartet hätten."
Sara schüttelte den Kopf.
„Davon rede ich nicht. Ich rede von der Party. Erinnerst du dich an die Party?"
Maja. Das Zimmer von Lukas kleiner Schwester. Mein erstes Mal.
„Ja, aber was hat das jetzt damit zu tun?"
„Alles, William! In der Nacht bin ich mit Lukas in seinem Zimmer gelandet. Anfangs war alles schön. Ich war gern in seiner Nähe. Doch dann drängte er plötzlich immer mehr. Er zog mich aus und redete auf mich ein. Und dann hat er mit mir geschlafen. Ohne dass ich es wollte."
Ich brauchte einen Moment, bis ich verstand, was sie sagte.
„Er hat dich vergewaltigt?"
Tränen liefen über ihre Wangen.
„Ja, so könnte man das nennen. Für ihn gab es kein Halten mehr. Und ich konnte mich nicht wehren. Ich starrte zur Tür und hoffte, mein Bruder käme rein und würde mich retten. Denn mein kleiner Bruder sagte mir, ‚Sara, ich bin da'. Aber du warst nicht da! Im Gegenteil. Als ich mich dann endlich beruhigt hatte und zu dir wollte, finde ich dich und dein Penis steckt in dieser Schlampe, die es schon immer auf dich abgesehen hatte."
Sie hatte zu Beginn mit ruhiger Stimme gesprochen, aber jetzt schluchzte und weinte sie. Ich starrte sie an und wusste nicht, was ich tun sollte.
„Sam und Martin haben mir alles erzählt. Das mit der Ballettlehrerin und dem Typen, bei dem du wohnst.

Und die Pornos. Warum denn gerade Pornos, William? Vielleicht sind nicht alle Männer so wie Lukas, aber sie lesen trotzdem gerne solche Geschichten. Und gerade mein Bruder liefert so eine Scheiße auch noch!"
Sara knickte ein und kippte nach vorne, ich fing sie auf. Sie drückte mich an sich und weinte. Es war viele Jahre her, dass ich meine Schwester in den Armen hatte. Und jetzt merkte ich, dass ich es vermisst hatte.
Kein Wunder, dass Sara einen Hass auf Männer hatte. Und dann die Schwangerschaft aus der Vergewaltigung, aus der auch noch ein Junge hervorging.
„Warum hast du denn nie etwas gesagt?"
Sie zuckte mit den Schultern und hob den Kopf.
„Ich liebe Martin über alles und ich bin gottfroh, dass ich zumindest einen Mann richtig erziehen kann. Aber nicht einmal das klappt. Er versteht sich ja super mit dir, obwohl ich ihn immer vor dir warne."
Wieder wurde sie von den Tränen geschüttelt. Ich konnte nichts sagen. Also hielt ich sie im Arm, bis sie sich beruhigt hatte. Dann wischte sie sich mit dem Ärmel den Rotz aus dem Gesicht.
„Ich will mich jetzt gar nicht mit dir streiten. Ich will mich jetzt um Emma kümmern. Wir reißen uns zusammen, okay?"

Gemeinsam mit Sam, Violet, Martin und Tabea lebten wir im Gemeinschaftsraum. Wir wechselten uns mit den Besuchen in ihrem Zimmer ab, versorgten uns gegenseitig mit Lebensmitteln und Motivation und unterhielten uns. Wenn Sara und ich alleine waren, schrien wir uns an und stritten uns. Bis wir zu erschöpft waren

und einfach nur redeten und zuhörten. Ich erzählte ihr noch mal alles. Alles. Meine Ängste vor ihr. Meine Probleme mit Linda. Sams Geschäftsfreunde. Maja. Tas. Die Pornos. Alex. Bis zum Unfall.
Wenn die anderen da waren, ließen wir Emmas vergangene Jahre aufleben. Wir lachten viel, Emma hatte bestimmt kein langweiliges Leben gehabt. Und doch, trotz all der schönen Geschichten und Erinnerungen stand uns allen die Trauer ins Gesicht geschrieben.
Dann kam Tas. Sara hatte sie angerufen. Ich war auf dem Stuhl neben Emma eingenickt, als Martin hereingeschlichen kam und mich sanft wachrüttelte.
„Will, Eva ist da."
Damals wusste ich noch nicht, dass Tas mit Vornamen Eva hieß.
„Welche Eva?"
„Die Ballettlehrerin."
„Ach, sie heißt Eva?"
Martin sah mich schräg an.
„Ich hab immer nur ihren Spitznamen benutzt."
„Aha."
Martin nahm meinen Platz ein und ich ging in den Wartesaal. Tas stand dort alleine, die anderen waren verschwunden. Sie hatte die Arme verschränkt und starrte mich distanziert an.
„Deine Schwester meinte, ich soll mit dir reden."
„Erst wäre es schön, wenn du mir nur zuhören könntest."
Wir setzten uns und ich erzählte. Alles. Wie bei Sara. Alle meine Fehler. Und den Rest. Erst wenn du jemandem alles über dich erzählt hast, was es über dich gibt, dann kannst du dich von deiner echten Seite zeigen, mit all deinen Schwächen. Und den Stärken. Erst dann

weiß dein Gegenüber, wen er vor sich hat. Ich ließ Eva viel Zeit. Dann stand sie auf und verließ schweigend das Krankenhaus. Sie kam einen Tag später mit einem Fresskorb für uns alle und nahm mich in den Arm. Sie flüsterte mir ins Ohr.
„Heute Nacht bei mir im Schlafzimmer?"
Trotz all der Tränen und der Trauer. Strahlte ich.

—— • ——

Am Tag darauf starb Emma. An einem Mittwochnachmittag. Das letzte, das sie mir gesagt hatte, war, dass sie Lisa und Max auf dem Regenbogen besuchen gehe. Dann blieben nur Sam und Sara in ihrem Zimmer. Martin war in Tabeas Armen, Violet in meinen und ich in Evas.

—— † ——

Waren wir im Krankenhaus noch im kleinen Kreis gewesen, so war der Friedhof überfüllt von Menschen. Emmas Klasse und ihre Ballettgruppe samt Lehrern und Eltern waren da. Dann Bekannte der Familie und die Menschen, die Emma wahrscheinlich nur vom Sehen kannten.

An dem Tag, an dem Emma starb, hatte ich ihr noch eine Geschichte geschrieben, die ich noch nicht vorgelesen hatte. Ich wartete, bis ich alleine vor dem offenem Grab stand. Dann las ich meine Geschichte vor. Eine Geschichte von einem Mädchen, das Max und Lisa auf dem Regenbogen besuchen geht. Als ich fertig war und weinend vor dem Grab stand, roch ich plötzlich Zigarettenrauch.

„Stephan Lackner sagte einmal: Das Sterben gehört zu den Spielregeln."

Ich spürte Alex' Arm auf meiner Schulter.

„Du kannst nichts dagegen tun. Sei lieber froh, dass du sie gekannt hast."

Ich schniefte. Dann schnipste ich ihm die Zigarette aus der Hand.

„Die bringen dich noch um."

NACHSPIEL

Das alles ist nun vier Jahre her. In der Zeit ist viel passiert. Auf Emmas Grab steht ein Stein mit einem Regenbogen darauf.

Die Pornos? Irgendwann habe ich Bob Tail besucht und habe ihm gesagt, dass ich keine Pornos mehr schreiben werde. Ich habe ihm erklärt, warum, und er hat es eingesehen. Das Geld, das ich einen Monat später von Sam bekam, habe ich an Bob weitergegeben.

Ich habe die ganzen Geschichten, die ich für Emma geschrieben hatte, in einem Buch zusammengefasst und es Bob vorgelegt. Es hat ihm gefallen, aber er hat es nicht gedruckt. Glücklicherweise. Er hat es einem Verlegerfreund gegeben und der hat es angenommen. Mit einem Vorwort, in dem die Umstände des Buches erklärt werden, ist „Das Mädchen vom Regenbogen“ veröffentlicht worden. Ich glaube, ich habe von diesem Buch mehr Exemplare verschenkt, als jemals verkauft werden.

Alex? Er hat von mir jeweils ein Exemplar von meinen Pornos bekommen. Er arbeitet mittlerweile mit mir. Sein Gespür für gute Geschichten macht sich bezahlt.

Martin? Tabea und Martin sind immer noch zusammen, sie haben dieses Jahr das Abitur gemacht.

Violet? Violet war vor zwei Jahren auf einem Geschwistertreffen. Alle acht Mädchen und Jungen, die aus dem Samen des Piloten entstanden sind, haben sich in Hamburg getroffen.

Sara? Sara treffe ich nun regelmäßig. Wir leben nach wie vor in der gleichen Stadt. Aber wir reden trotzdem kaum miteinander. Aber Martin hat mir verraten, dass

sie sich eine Therapeutin gesucht hat. Ihre Haare werden immer länger. Und ich glaube, sie hat jemanden kennen gelernt, denn sie hat unsere letzten zwei Verabredungen abgesagt.
Maja? Manchmal treffe ich Maja. Oder Frauen, die Maja ähnlich sind. Doch eines habe ich gelernt: Diese Versuchungen sind nur Illusionen, sie sind nur interessant, weil sie verboten sind.
Sam und Valerie? Sam hat es noch eine Woche durchgehalten, dann hatte er eine andere. Manche Menschen ändern sich eben doch nie.
Und ich? Ich muss jetzt Schluss machen. Ich muss das Essen kochen. Eva wird bald heimkommen und ich möchte sie nicht hungern lassen. Ich verliebe mich jeden Tag neu in sie. Jeden Tag sprengt sie die eisernen Ketten um mein Herz aufs Neue.
Letztes Jahr habe ich den Dachboden ausgebaut. Dort arbeite ich. Ein Stockwerk tiefer leben wir. Frühstück gibt's ohne Zeitung. Eva hat sich für Kinder entschieden. Ich auch. Jetzt müssen sie nur noch kommen. Ich freue mich auf sie. Ich möchte ihnen nämlich viel erzählen.

NACHWORT

Während ich das hier schreibe, sitzt Nikolai einen PC weiter und arbeitet am Cover des Buches. Als ich vor sechs Jahren mit diesem Roman angefangen habe und den Teil geschrieben habe, der mittlerweile das Nachspiel ist, hatte ich nicht die Idee, daraus einen Roman zu machen. Aber dann war die Geschichte plötzlich zu lang für eine Kurzgeschichte und irgendwie wusste ich auch nicht, wohin mich die Worte führen wollten, also schrieb ich sie einfach runter. Plötzlich war da dieses vorliegende Werk. Zumindest eine ganz frühe Fassung davon. In den Jahren danach habe ich viel erlebt, viel gelernt und viel gemacht und mich immer wieder mit dem Roman beschäftigt. Irgendwie hing er die ganze Zeit im Hinterkopf und wollte raus. Und das passiert jetzt. Wow. Das Gefühl gerade ist ein sehr ähnliches wie jenes, was ich habe, wenn ich die erste Rohfassung eines Romans fertig habe. Genauso unglaublich schön. Ich freue mich, dass der Roman nun freigelassen ist, und bin gespannt, welchen Weg er nun gehen wird. Jetzt ist Platz für das nächste Projekt.

ANTWORTEN

Warum heißt das Buch nicht mehr „mokita“?

Das Werk wuchs anfangs namenlos. Eine Zeitlang nannte ich den Roman dann „Sex sells“, aber auch einfach nur deshalb, weil mir gar nichts einfiel und ich dem Kind ja einen Namen geben musste.

[mokita, *Papua Neuguinea*]
/die wahrheit, die jeder kennt, aber keiner ausspricht./

Dann entdeckte ich in dem wunderbaren Buch „The meaning of Tingo“ von Adam Jacot de Boinod das Wort „mokita“. Das Wort stammt aus Kivila / Papua NeuGuinea und bedeutet: Die Wahrheit, die jeder kennt, aber keiner ausspricht. Bis heute bin ich extrem fasziniert von dem Wort und seiner Bedeutung, sodass ich damals dem Roman diesen Namen gab. Und den trug er eine ganze Weile lang. Beim Erstellen einer eigenen Homepage wurde dieses Wort eben auch Name meiner Onlinepräsenz. Bei mokita ist das Risiko, es falsch zu schreiben, um einiges geringer als bei Fabian Neidhardt. Ein paar Jahre gab es also mokita, die Seite, und mokita, das Buch. Bis ich vor kurzem bei der Covergestaltung für den Roman gemerkt habe, dass der Name nicht so gut zu dem Inhalt passt, wie ich es gerne hätte. Deshalb heißt der Roman jetzt „Das Leben ist ein Erdbeben und ich stehe neben dem Türrahmen.“ Und dieser Titel passt vollkommen.

Warum verschenkst du das Buch online und wieso Creative Commons?

Meine ersten Erfahrungen mit Creative Commons (auf deutsch: kreatives Allgemeingut) habe ich 2009 bei meinem Little Brother Hörbuch gemacht. Der kanadische Autor Cory Doctorow veröffentlicht seine Bücher gleichzeitig als Printausgabe im regulären Verkauf und als kostenlose digitale Version online. Und er erlaubt, durch die Creative Commons, die kostenlose Version weiterzuverarbeiten. Dies ermöglichte zwei Jahre vor der deutschen kommerziellen Version eine digital publizierte Übersetzung von Christian Wöhrl und auf deren Basis mein Hörbuch.
Ebenfalls kostenlos.

Fragt man Doctorow, ob er denn keine Angst vor Verlusten durch das kostenlose Veröffentlichen seiner Werke Verluste hat, antwortet er, ganz im Gegenteil. Er ist noch viel zu unbekannt, als dass Leute seine Bücher raubkopieren würden. Und wenn jemand das wollte, dann würde er sich auch nicht durch Gesetze davon abhalten lassen. Dann kann er auch gleich die Bücher selbst kostenlos online stellen. Das wirklich Interessante daran ist: Doctorows Bücher sind dennoch in den Bestsellerlisten zu finden. Denn genug Leute kaufen trotz der kostenlosen Möglichkeit seine Bücher. Im Grunde sind diese nur gutes Marketing für ihn, wenn die Leute seine Bücher dann weiter verteilen und ihn dadurch bekannter machen.

Ich mag die Idee, Kunst auf diese Art weitergeben zu können und jedem die Möglichkeit zu lassen, sie zu remixen, sie weiterzuverarbeiten. In der Musik sind Samples, Cover und Neuinterpretationen schon lange zu finden. Diese Möglichkeit würde ich gerne auch für Literatur haben. Deshalb will ich meinen ersten Roman auch unter Creative Commons stellen und kostenlos verfügbar machen. Aber gleichzeitig für jeden, der will, auch noch eine gut gemachte Printausgabe bereit stellen.

Warum suchst du dir keinen Verlag?

Diese Frage beantwortet sich im Grunde durch den Wunsch nach Creative Commons. Ich glaube, derzeit würde ich keinen Verlag finden, der eine kostenlose digitale Version als Marketingmöglichkeit und Kulturunterstützung sieht. Noch haben die Verlage Angst davor, durch so eine Version weniger gedruckte Bücher zu verkaufen. ABER: Ich lasse mich gern vom Gegenteil überzeugen! Vielleicht findet sich ja ein Verlag, der gemeinsam mit mir auf die Reise geht.

DANKE

Nikolai Reichelt für das Cover und den gesamten Satz. Alles, was über das geschriebene Wort hinausgeht, ist von ihm. Darüber hinaus für seine Ideen, seine Geduld und seine Begeisterungsfähigkeit, wenn ich ihm über Jahre hinweg irgendwelche Textteile vorlese, Geschichtenideen erzähle oder ihn nach seiner Meinung frage. Und generell, für alles. Ich liebe dich, Bruder.

Meiner Familie für all ihre Eigenheiten. Meinem Vater, Ralf, der alles, was ich schreibe, verschlingt, als härtester Kritiker den Rotstift ansetzt und mich damit immer wieder antreibt weiterzumachen. Meiner Mutter, Joanna, die sich partout weigert, einen meiner Romane zu lesen, und dennoch unglaublich stolz auf ihren ältesten Sohn ist. Und mich damit immer wieder antreibt weiterzumachen. Den der Welt besten Geschwistern - Gina, Florian und Laura - für all die Liebe und die Lektionen. Buzi, Buzi, Buzi!

Christian Wöhrl und all den Menschen, die das Buch gelesen haben, bevor es veröffentlicht wurde. Für die Zeit, die ihr mir und meinen Worten geschenkt habt, für die Druckertinte und die Stifte, die ihr verbraucht habt, und für all die Tipps und Kritik. Über die vielen Jahre und Versionen hinweg haben unzählige Menschen sich die Mühe gemacht, den Text zu lesen, und mir danach gesagt, was ich besser machen kann. So konnte sich der Roman sehr schön entwickeln, bis Christian Wöhrl ihn lektoriert hat. Wenn dir, werter Leser, noch Fehler auffallen, schreibe mir. In der nächsten Version werden sie dann verbessert sein und du kannst dich zu jenen zählen, welchen dieser Dank gehört.

All den Menschen, die mit ihrem Vertrauen und ihrer Neugierde meine Motivation immer wieder entfacht haben oder irgendwie anders dazu beigetragen haben, dass du, werter Leser, diese Zeilen lesen kannst. Wenn nur die Hälfte jener, die gesagt haben „Sobald es draußen ist, kauf ich es“ dieses Versprechen wahr macht, bin ich glücklich.
Ach, Schwachsinn. Ich bin jetzt schon glücklich.

Und natürlich dir, werter Leser. Ich freue mich, dich unterhalten zu dürfen. Wenn du Anmerkungen hast, Fehler gefunden hast oder dir einfach langweilig ist, schreibe mir. Ich freue mich darauf.

→ fabian@mokita.de

Fabian Neidhardt
Hannover, im September 2012

...und jetzt geh' spielen!

mokita

das sprechen & das schreiben

mokita.de ist die Spielwiese, die virtuelle Bühne und der Spiegel der realen Welt von Fabian Neidhardt. Hier findest du neben den Texten, Büchern und Hörbüchern sowie Hintergrundinformationen zu den vorhergehenden Punkten auch Gedankenspaziergänge, Kritik und eben auch Wahrheiten, über die nicht laut gesprochen wird. Mokita!

www.mokita.de

GUTSCHEIN,
FÜR EINMAL

lächeln

GILT NACH JEDEM
BENUTZEN NEU.

SPREADTHESMILE.DE

Verschenke ein Lächeln. Das ist unser Beitrag für eine bessere Welt. Wenn ein Lächeln auf deinem Gesicht diesen einen Moment verändert, dann verändert es auch dein Leben. Zum Positiven. Wir sind keine Partei und keine Gemeinschaft. Wir wollen dir nichts verkaufen und dich nicht überzeugen. Wollen weder deine Daten noch dein Einverständnis.
Wir wollen dich einfach nur glücklicher machen. Mit einem Lächeln. Spread the smile!

www.spreadthesmile.de

Except where otherwise noted, this work is licensed under
http://creativecommons.org/licenses/by-nc-sa/3.0/

Dieses Werk steht unter einer Creative Commons Namensnennung - Nicht-kommerziell - Weitergabe unter gleichen Bedingungen 3.0 Unported Lizenz.

Kurzfassung der Lizenzbeschreibung:

Du darfst das Werk bzw. den Inhalt vervielfältigen, verbreiten und öffentlich zugänglich machen und Abwandlungen und Bearbeitungen des Werkes bzw. Inhaltes anfertigen, unter folgenden Bedingungen:
1. Namensnennung: Du musst den Namen Fabian Neidhardt nennen sowie im Internet die Webseite http://www.mokita.de hinzufügen.
2. Keine kommerzielle Nutzung: Dieses Werk bzw. dieser Inhalt darf nicht für kommerzielle Zwecke verwendet werden.
3. Weitergabe unter gleichen Bedingungen: Wenn Du das lizenzierte Werk bzw. den lizenzierten Inhalt bearbeitest oder in anderer Weise erkennbar als Grundlage für eigenes Schaffen verwendest, darfst Du die daraufhin neu entstandenen Werke bzw. Inhalte nur unter Verwendung von Lizenzbedingungen weitergeben, die mit denen dieses Lizenzvertrages identisch oder vergleichbar sind.

Den kompletten Creative Commons Lizenzvertrag findest Du auf *http://creativecommons.org/licenses/by-nc-sa/3.0/deed.de*

41829929R00125

Printed in Poland
by Amazon Fulfillment
Poland Sp. z o.o., Wrocław